당신은 실패한 적이 없다

당신의 실패한 적이 없다

초판1쇄 인쇄 | 2020년 1월 15일
초판1쇄 발행 | 2020년 1월 20일

지은이 | 송선희
펴낸이 | 김진성
펴낸곳 | 벗나래

편집 | 박부연, 김선우
디자인 | 장재승
관리 | 정보해

출판등록 | 제2016-000007호
주소 | 경기도 수원시 장안구 팔달로237번길 37, 303호(영화동)
전화 | 02-323-4421
팩스 | 02-323-7753
이메일 | kjs9653@hotmail.com
홈페이지 | www.heute.co.kr

값 15,000원
ISBN 978-89-97763-30-6

* 잘못된 책은 서점에서 바꾸어 드립니다.

당신은
실패한 적이
없다

송선희 지음

벗나래

삶의 가장 큰 성공은
어제보다 성장한 오늘

이 책은 나에 대한 이해와 탐구에서 시작되었다. 밤하늘의 별들을 헤아리듯 지나온 날을 헤아리며 써 내려간 삶의 이야기다. 지난날을 뒤돌아보니 아득했던 기억들이 지금 일어나는 일처럼 생생하게 느껴졌다. 낯설고 어색했던 순간들, 두려움과 설렘의 순간들, 기쁨과 감동의 순간들, 고통과 고독의 순간들이 삶을 이루었다. 묻어두었던 이야기 속의 사람들이 되살아나서 낱말이 되고 문장이 되어 한 권의 책이 되었다. 돌이켜보면 수많은 일들은 단 하나의 질문 '왜 사는가?'에 대한 답을 찾아가는 여정이었다.

"당신은 실패한 적이 없다. 단지 매 순간이 지혜를 얻었던 순간
이었을 뿐이다."

이 말은 고대 지혜학교의 교사 람타의 말이다. 어쩌면 당신은 이
말에 반박하고 싶을 수도 있을 것이다. 인생이 실패와 고통과 두려
움으로 가득했다고 말할 수도 있다. 알 수 없는 미래에 대한 불안과
두려움에서 자유롭지 못한 우리에게 역설적으로 들릴 수도 있다.
실패와 성공이라는 기준으로 보면 우리의 삶은 실패의 연속이며, 성
공의 기준을 부와 권력으로 본다면 인류의 90% 정도, 즉 대부분의
사람들은 실패자일 것이다.

그러나 삶의 의미를 성공과 실패, 긍정과 부정이라는 이원론적인
시각만으로 표현할 수는 없을 것이다. 성공과 실패의 기준은 삶을
바라보는 시각에 따라 달라진다. 무엇을 생각하고 어떻게 행동하는
가에 따라 삶이 만들어진다. 사람마다 추구하는 삶의 가치가 다르
기 때문이다.

성공과 실패, 부자와 가난, 긍정과 부정이라는 이분법적 의미를
벗어나 가치와 목적을 기준으로 삶을 바라보면 모든 것이 달라진
다. 삶은 자신이 선택하고 창조하는 것이며, 의도를 갖고 꿈꾸며 집
중할 때 원하는 대로 이루어진다. 생각의 대전환이 일어날 때가 인

생의 터닝 포인트다.

　당신을 설레게 하는 것은 무엇인가? 그 설렘이 당신 삶의 가치이고 목적이다. 나는 오랫동안 삶의 이유를 찾아 헤맸다. 무엇을 위해 살아가는지 알 수 없어 고뇌했으며, 살아가는 이유에 대해 숙고했다. 시간이 흘러 모든 선택과 경험이 미지의 세계를 알아가기 위함이었음을 깨달았다. 안전한 길보다는 험한 길을 헤쳐 나갔던 그간의 과정이 이해가 되었다. 편안함보다는 모험이 더 많았기에 힘들고 고통스러웠지만 새로운 것을 배웠음을 알게 되었다. 모든 경험의 순간들, 실패의 순간들이 지혜를 얻어가는 과정이었다.

　배움은 끊임없는 숙고에서 일어난다. 인생은 실패와 성공으로 나눌 수 없다. 방금 말했듯이 지혜를 얻어가는 과정일 뿐이다. 내가 서 있는 이 자리, 당신이 서 있는 그 자리는 미지를 탐험하기 위해 선택한 자리다. 우리는 성장을 위해 여기에 있다. 고통과 두려움으로 벌을 받고 있는 것이 아니다.

　내가 서 있는 여기는 언젠가 꿈꾸었던 꿈과 바람이 있는 곳이다. 언젠가 소망하고 열망했던 바람은 현실이 되었다. 삶은 마술이다. 어제의 꿈과 생각은 미래를 끌어당긴다. 상상은 현실의 삶 속에서 원동력이 된다. 꿈꾸고 이미지화하고 의지를 갖고 집중할 때 현실이 된다.

"삶의 최대의 성공은 어제보다 성장한 오늘이다."

한때 실패로 규정했던 모든 것은 나를 성장시킨 과정이었다. 지혜를 얻었던 시간이었다. 좋음과 나쁨, 충만함과 결핍으로 채워졌던 모든 것의 근원적인 본질은 사랑이었다. 나에 대한 사랑, 당신 자신에 대한 사랑이 본질적인 원인이자 이유였다.

지난날들이 고단하고 힘들었을지라도 당신은 실패한 것이 아니다. 편안하고 기쁜 날보다 고난의 날이 많았다 할지라도 당신은 실패하지 않았다. 그 시간은 당신을 성장시킨 과정이었다. 후회와 고통 속에서도 깨닫는 것이 있다면 우리는 성장한다. 실패처럼 느껴지는 고통과 역경들은 우리가 지혜를 얻는 과정이었다.

자신에 대한 사랑과 신뢰는 인생의 자양분이다. 어제의 생각이 오늘의 삶이 되었으며, 오늘이 내일의 나를 만들어갈 것이다.

나는 당신의 마음에 따뜻한 위로가 되기를, 그리고 새로운 희망이 되기를 바라는 마음으로 이 책을 세상에 내놓는다. 이 책이 나오기까지 함께해준 도반인 남편과 사랑하는 나의 아이들에게 감사한다. 힘들 때마다 사랑으로 응원해주신 부모님과 가족들에게도 감사인사를 드린다. 그리고 책이 세상에 나오도록 힘써주신 호이테북스 김진성 대표님과 도움을 주신 모든 분께 감사의 마음을 전한다.

저자 송선희

1장

무엇이 인생을
가치 있게 만드는가

무엇이 인생을 가치 있게 만드는가

이렇게 살아도
괜찮은 걸까

나는 삶을 꿈꾸는 마술사였다. 빵이 만들어지는 것을 마술로 생각했던 꼬마가 있었다. 꼬마는 빵집 아저씨가 빵을 만들던 모습을 잊을 수 없었다. 아저씨가 빵틀에 무엇인가를 넣으면 빵이 부풀어 올라오는 광경은 어린 나에게는 신비한 경험이었다. 그 신비한 기억이 마술과 같이 느껴졌고, 그것은 내 삶을 만드는 바탕이 되었다.

돌이켜보면 내 삶은 마술 같았다. 꿈꾸었던 일들이 실현되고 사라졌다가 다시 나타나는 모든 과정이 마술 같았다. 그렇다고 마술처럼 마냥 신나고 재미있었던 것만은 아니다. 오히려 시련과 굴곡으로 가득한 드라마였다. 마음의 길을 따라갔던 방랑자의 삶이었다.

안전한 길보다 불확실한 길을 걸어온 시간이었다. 가끔 나도 이런 나 자신이 걱정되곤 한다. 그럴 때면 나 자신에게 묻는다.

'나, 이렇게 살아도 괜찮은 걸까?'

새로운 일을 시작할 때면 내 안에는 두 가지 마음이 부딪힌다. 하고 싶은 마음과 거부하는 마음이 동시에 일어난다. 시작은 언제나 두렵다. 두렵지만 설렌다. 두려움과 설레는 두 가지 마음이 이율배반적으로 일어난다. 마음 한쪽에서는 거부하고 주저하는데, 다른 한쪽에서는 두근거리는 설렘이 무조건 끌고 나간다. 그럴 때면 나는 브레이크가 고장 난 자동차 같다. 결국 그렇게 가다보면 그 길을 왜 선택했는지 알게 된다. 경험을 통해 새로운 앎이 생기고, 그 길을 선택한 이유를 이해하게 된다. 이것이 내가 인생을 살아가는 방식이다.

나는 가슴의 울림을 따라 살아왔다. 현실적으로 계산하기 전에 느낌에 따라 생각하고 행동했다. 조건이 맞지 않아도 느낌이 맞는다고 생각되면 그 길을 택했다. 이성적이고 논리적인 사고보다 직관적인 느낌을 따랐다. 느낌을 소중하게 생각했다. 가끔 '4차원'이라는 말을 듣기도 했다. 현실과 동떨어진 4차원적인 사람으로 보일지라도 그렇게 사는 것이 자유로웠다. 느낌을 무시하고 살면 답답하고 무기력했다. 느낌대로 따라간 삶은 나를 자유롭게 했다. 나를 사랑하는 길이었다.

아버지가 돌아가신 날, 청개구리였던 나는 한없이 자책하며 울었다. 아버지께 잘해드리지 못한 일들이 후회스러웠다. 가슴을 후벼파는 아픔이 몰려왔다. 내 삶에 대한 의문과 질책이 이어졌다.

'무엇을 위해 살아왔던가?'

'치열했던 시간들은 무슨 의미였던가?'

질문들은 엉킨 실타래처럼 풀리지 않았다. 질문에 대한 답을 찾아야 했다. 삶의 의미를 찾아야 했다. 그동안 답이라 여겼던 생각들을 내려놓고, 10여 년 동안 몸담았던 명상원도 그만두었다. 새로운 시각으로 나 자신을 바라보기 시작했다. 아버지가 돌아가시고 1년을 회한과 슬픔으로 보냈다. 그 시간은 나를 되돌아보며 성찰하고, 삶에 대해 숙고하는 시간이었다.

수없이 나에게 던졌던 질문에 '다시 시작하라!'는 응답이 들려왔다. 삶의 의미를 처음부터 다시 생각하고, 깨우쳤던 앎을 삶에 적용해서 나의 논리 체계를 만들고 싶었다. 나를 찾는 공부를 다시 시작하기 위해 교육학 박사 과정에 들어갔다. 명상을 하면서 느꼈던 현실과의 괴리감을 교육학, 철학, 그리고 심리학 공부로 연결시켜 나갔다.

내가 초등학교 시절 가졌던 성적에 대한 열등감은 성인이 되어서도 쉽게 사라지지 않았다. 공부를 못했다는 감정적인 기억들이 나를 열등한 사람으로 규정했다. 익숙하지 않은 새로운 일을 할 때마다 '나는 뭐든 잘하지 못해. 잘하는 것이 없어'라는 열등감이 나를 잠식했다. 자아 성장기에 만들어진 열등감은 나에게 트라우마로 작용했다.

당시 나에게 필요한 건 열등감과 두려움에 대한 감정적인 이해와 해소였다. 관심 있는 주제를 잡아 공부하고 발표하는 과정에서 열등감은 타인의 기준에서 나를 바라봤기에 만들어진 감정이었음을 이해하게 되었다. 박사 과정을 공부하면서 오랫동안 갇혀 있던 열등감에서 벗어날 수 있었다. 열등감은 나를 괴롭혔던 괴물이 아니라 오히려 모르는 것에 대해 공부하도록 이끌어준 촉진제였다. 나를 성장시킨 원동력이었다.

나는 새를 좋아한다. 어릴 때부터 하늘을 나는 새가 부러웠다. 날개를 퍼덕이며 하늘을 날아가는 새를 보면 신기했다. 음악 시간에 '이 몸이 새라면'이라는 노래를 배우면서 정말 새가 되고 싶었다.

"이 몸이 새라면 이 몸이 새라면 날아가리. 저 건너 보이는 저 건너 보이는 작은 섬까지."

이렇게 노래를 부르면서 새가 되어 날아가는 상상을 하곤 했다.

아버지가 돌아가신 후, 어느 날 새를 생각하며 '나도 날 수 있을까? 어떻게 하면 날 수 있을까?'라는 생각에 빠져들었다. 눈을 감고 하늘을 나는 상상을 한참 동안 했다. 정말 하늘을 나는 느낌이 들었다. 순간 내가 사는 아파트 지붕이 보이고 시냇물이 보이고 다리가 보였다. 달빛에 반짝이는 시냇물이 보이고 작은 집들과 산이 보였다. 그렇게 날고 있을 때, 내 모습은 보이지 않았지만 옆에서 함께 날고 있는 아버지가 느껴졌다.

"선희야, 이렇게 나니 참 좋다. 이제야 너를 이해하겠다."

분명 목소리는 아니었는데 들리는 것 같기도 하고 느껴지는 것 같기도 한 아버지의 음성이 있었다. 꿈속 같기도 했고 상상 같기도 했다. 그렇게 하늘을 날면서 아버지와의 만남을 통해 새로운 변화가 생겼다. 아버지에 대한 마음의 짐을 내려놓고 인정하지 못했던 내 삶에 대한 확신을 가질 수 있었다. 그 경험은 말로 표현할 수 없는 또 다른 차원처럼 느껴졌다. 정말 소중한 경험이었다. 그 경험을 통해 내가 살아왔던 시간은 결코 헛되지 않았으며, 모든 시간은 의미가 있었음을 알게 되었다. 나의 길이었기에 그렇게 살아왔음이 이해되었다.

이제 더 이상 나는 나 자신을 비난하지 않는다. 감당하기 힘들었던 내 안의 열정을 이해한다. 나를 거부하고 부정하고 가로막았던 나와 화해했다. 느낌과 생각을 허용하면 기쁨이 생겨나고, 나를 허용한 만큼 자유로워진다. 이렇게 사는 내가 좋다. 꿈꾸고 열망하는 나를 사랑한다. 당신은 어떤가?

02

실패가
용인되지 않는 시대

　가끔 연세가 많은 분들이 "요즘 세대는 도전정신도 없고, 패기도 없어. 우리 때는 먹고살려고 뭐든지 달려들어 했는데……"라며 안타까워하신다. 그러나 그것은 단순히 요즘 세대의 개인적인 성향에서 비롯된 문제는 아니라고 생각한다. 그것은 시대적 환경이 만들어낸 풍경이다. 우리나라는 1960년대까지만 해도 원조를 받던 가난한 나라였지만 1970년대 이후 1980년대 들어 비로소 한강의 기적을 이룩하며 개발도상국 대열에 진입할 수 있었다. 우리 세대는 개발도상국 상태를 살았기에 비록 가난하긴 했지만 고용의 기회는 많았다. 그러나 이제는 선진국 대열에 진입하면서 경제성장 속도도 느려지고 고용의 기회도 점차 줄어들고 있다.

요즘 젊은 세대에게는 부모 세대가 누렸던 기회가 쉽게 주어지지 않는다. 부모 세대보다 안정적인 직업을 가질 기회가 적고, 그만큼 부를 창출할 기회도 얻기 어려워졌다. 20~30대들이 느끼는 현실은 막막하고 암울하다. 고용 기회가 줄어들수록 경쟁에 내몰리고, 경쟁에서 살아남기 위해 더 많은 스펙 쌓기에 열중한다. 대학을 졸업하고도 각종 자격증과 어학연수에 인턴십까지, 여전히 달리고 또 달린다. 그렇게 스펙 쌓기에 노력해도 원하는 연봉과 안정된 근무 조건을 보장받는 직업을 구하기가 어렵다.

경제적 측면에서 시대를 나누어보면 1960년대와 1970년대를 궁핍의 시대, 1980년대와 1990년대를 도약의 시대라고 할 수 있다. 그리고 2000년대와 지금 2010년대는 풍요로움 속에 기회가 막힌 빈곤의 시대다. 이러한 환경이 요즘 세대들에게서 도전할 용기를 빼앗고 있다. 실패한 다음의 미래가 막막하다 보니, 실패를 각오하고 도전할 수 있는 용기와 패기를 갖기가 힘든 것이다. 이 같은 여건들이 도전과 실패를 실종시키고 있다.

지금은 실패가 실종된 시대다. 그러나 어떠한 경우라도 도전은 필요하다. 안정된 직장을 구하지 못하면 아르바이트를 해서라도 현실과 부딪쳐야 한다. 그래야 자신이 진짜 좋아하고 원하는 것이 무엇인지 찾을 수 있다.

《20대, 공부에 미쳐라》의 저자 나카지마 다카시는 좋은 직장에 취업하고 승진하기 위해 20대에 자신이 어떻게 공부했는지를 소개했다. 저성장 시대를 맞은 일본을 통해 우리 20대들이 취업 전쟁에서 살아남기 위해 어떻게 해야 하는지 그 생존 전략을 제시한 책이다. 그는 20대 초반에 출판업계에서 다양한 업무를 경험했으며, 그것이 결국 자신을 성공시킨 발판이었다고 말한다.

"20대에는 먼 길을 조금 돌아가도 좋다. 여러 경험을 쌓고 일의 폭을 넓혀가는 도전은 20대에게 무엇보다도 중요하다. 듣고 보고, 실제로 해보는 것이 모두 공부인 셈이다. 성공이든 실패든 그 어떤 체험도 20대에게 전혀 쓸모없는 경우는 없다."

그는 20대의 모든 경험이 중요하다는 것을 강조한다. 도전과 경험이 자신을 성장시키기 때문이다.

"경험은 삶의 자산이며 지혜를 얻어가는 토대다."

이 말은 20대뿐 아니라 모든 세대에게 통하는 말이다. 어떤 경험이든 자아를 성장시키게 된다. 그러기 위해 자기계발은 필수다. 어떤 분야를 익히든 그 경험은 나를 성장시키는 재산이 된다.

무엇을 좋아하는지, 무엇을 하고 싶은지 생각할 여유도 없이 생존을 위해 살아가는 삶은 고통스럽다. 소질과 관계없이 성적에 맞춰 대학을 가고 취업을 해야 하는 현실은 두려움과 공허함으로 이어진다. 단지 생존이 아닌, 자신의 성장을 위한 일이 무엇인지 찾아야 한다. 그 길을 찾았다면 당장 성과를 낼 수 없더라도 도전해야 한다. 그 과정에서 느끼고 경험했던 모든 것이 훗날 어떤 단계에 도달하면 생각지도 못한 도움으로 돌아올 것이다. 이런 사례는 세상에 이미 알려진 성공한 사람들의 수많은 발자취에서 쉽게 발견할 수 있다.

천재 과학자 아인슈타인도 한때는 실업자였다. 스물한 살 청년 아인슈타인에게 취리히 공과 대학을 졸업한 1900년은 비참한 시간이었다. 대학에서 연구 조교 자리를 얻으려 했으나 교수들과의 관계가 그다지 좋지 않았고 최종 시험도 통과하지 못했다. 졸업 후 교수들의 추천을 받지 못해 대학 강사도 할 수 없었다. 결국 대학 졸업 후 가정교사와 임시교사로 2년 동안 반실업자 생활을 했다. 그래도 그는 절망하지 않았다. 그의 상황을 안타까워하던 친구가 보수가 괜찮은 보험 회사를 소개했지만 연구할 시간이 부족하다는 이유로

가지 않았다.

그 후 그는 특허청에 하급 관리로 취직한다. 그가 특허청을 선택한 이유는 발명가들의 발명품에 대한 연구 논문을 분석하며 자신의 연구를 계속하기 위해서였다. 아인슈타인은 특허청 서기로 근무하면서 경제적으로 안정되었으며, 연구에도 심혈을 기울였다. 아인슈타인은 퇴근 이후의 시간과 주말 동안 연구에 몰두한 결과, 한 해에 논문을 3개나 발표할 정도로 왕성한 활동상을 보여주었다. 그렇게 3년 동안 특허 사무소에서 일하면서 특수 상대성 이론, 광전자 효과, 브라운 운동 등의 논문을 발표했으며, 그 후에도 원하는 대학에 가기까지 수없이 이직을 해야 했다.

천재 물리학자 아인슈타인의 놀라운 연구 결과들은 현대 물리학의 기반을 이루었다. 그는 자신의 업적에 대해 천재적인 지능이 아니라 상상력과 끈기에 의해 가능했다고 말한다.

　

"나는 남들보다 똑똑한 것이 아니다. 남들보다 더 오래 문제를 붙들고 있을 뿐이다."

　

아인슈타인의 이야기는 자기계발과 노력을 통해 꿈을 이루어가는 사례라고 할 수 있다. 지금 당장 이루지 못했다 할지라도 절망하지 마라. 지금 실패가 인생의 실패는 아니다. 실패는 단지 성장의 과정일 뿐 그 실패를 새로운 배움의 장으로, 깨달음과 배움의 도구로 삼아야 한다. 남들과 비교하면서 조급하게 생각하지 마라. 지금 당신은 공부 중이다. 진정으로 자신이 원하는 일을 찾아라. 당신은 실패를 통해 성장하고 있는 중이다. 조금 늦어지면 어떤가. 인생은 긴 마라톤과 같아서 자신에게 맞는 보폭으로 달리면 된다. 조금 늦더라도 진정으로 원하는 것을 찾는다면 그것이 진정한 성공이다.

03

어떻게
살아갈 것인가

　수업 시작 10분 전의 '그림동화 읽어주기'는 아이들과 나의 마음을 여는 시간이다. 나는 이 시간이 정말 행복하다. 읽어주는 나도, 듣는 아이들도 이야기 속으로 빠져든다. 동화를 들려주는 순간, 나를 향한 아이들의 눈망울은 가슴 벅찬 기쁨을 준다.

　하루는《아침 식사를 구름으로》라는 외국 동화를 읽어주었다. 이 이야기의 주인공은 아침 식사로 구름을 먹고 나서 구름이 되어 모험을 떠난다. 주인공은 구름이 되어 햇살 가득한 하늘을 날고, 산 넘어 드넓은 초원을 가로질러 세상을 구경한다. 몸이 무거워지면 비가 되기도 하고, 높은 산을 넘을 때는 눈이 되어 땅에 내려온다. 비가 되고 눈이 되어 개구쟁이들과 즐거운 놀이도 한다.

　이 책은 미국의 대안학교인 '피닉스 라이징 스쿨'의 교사가 아이들에게 들려주기 위해 쓴 그림동화다. 이 동화를 읽어주면서 아이들과 재미있는 상상 여행을 했다. 동화 읽기를 끝내고 무엇을 하고 싶은지, 장래 희망은 무엇인지 '미래의 꿈'에 대해 이야기했다. 한 아이가 묻는다.

　"선생님도 꿈이 있어요?"

　"그럼, 선생님은 꿈이 아주 많아."

　"선생님은 꿈을 이루셨잖아요. 우리 엄마가 어른들은 꿈이 이루어져서 꿈이 없다고 하던데요?"

　"그래? 그럴 수도 있지. 하지만 꿈이 이루어졌다고 해서 꿈이 없는 건 아니란다. 꿈은 생각하면 자꾸 생기거든."

　"그럼 선생님은 꿈이 더 있어요?"

　"그럼, 꿈이 아주 많단다."

　아이들은 자신들의 꿈을 이야기하기에 바쁘다. 어릴 때 꿈은 이거였는데 지금은 바뀌어서 다른 게 꿈이라며 신이 나서 말한다. 아이들은 꿈을 꾸며 자란다. 새 학기 교실 뒷면에 붙여놓은 꿈들은 1년 동안 몇 번이나 바뀐다. 궁금한 것도 많고, 하고 싶은 것도 많은 아이들은 꿈이 많다. 그런 아이들에게 하루는 너무나 짧다. 그렇게 아이들은 하루하루를 꿈꾸며 자란다.

　당신은 꿈이 있는가? 꿈이 있다면 당신은 아직 청년이다. 꿈이 있다는 것은 어린아이와 같이 삶이 행복하다는 증거다. 청년과 노인의 차이는 무엇일까? 꿈이 있는가 없는가, 나는 그것이 차이라고 본다. 성장을 멈추면 노화가 일어난다. 성장을 멈추는 이유는 꿈이 없기 때문이다. 꿈이 없다는 것은 새로운 삶을 꿈꾸지 않는다는 것이다. 어제와 같은 오늘, 오늘과 같은 내일을 반복적으로 살아갈 뿐이다. 꿈꾼다는 것은 새로운 삶을 만들고 창조하는 일이다. 하고 싶은 것을 상상하고 이미지화하면 새로운 날을 만들어갈 수 있다.
　꿈꾸었기에 우리는 존재한다. 꿈꾸지 않으면 우리는 존재하지 않는 것과 같다. 꿈꾸는 것은 미래의 씨앗을 심는 일이다. 오늘 심은 씨앗은 미래의 현실이 되고, 지금의 현실은 언젠가 갈망했던 꿈이 만들어낸 결과다. 평소의 생각과 바람이 당신의 삶을 만들고 운명을 만든다.

　나는 초등학교 6학년 때, 두 가지 사건을 계기로 교사가 되고 싶다는 꿈을 갖게 되었다. 6학년 2학기에 처음으로 자연 과목에서 100점을 맞자 담임선생님이 부르시더니 옆 친구 것을 커닝한 것 아니냐고 물으셨다. 나는 그 말에 너무 억울해서 대답도 하지 못했다. 평소 공부를 잘하지 못했던 내가 자연 과목에서 100점을 맞으니 의심스러웠던 모양이다. 사실은 어머니께서 그해 여름에 농사지었던 고추를 팔아《만화로 보는 자연》이라는 50권짜리 전집을 사주신 덕분이었다. 책이 귀했던 시절, 그것도 컬러로 된 만화책이 좋아서 방학 내내 읽고 또 읽었다. 처음 자연 과목에서 100점을 맞은 이유였다.

그런데 칭찬을 해주지는 못할망정 커닝한 것으로 의심하니 정말 억울하고 서러웠다. 그때 처음으로 교사가 되기로 결심하면서, 공부를 못한다고 차별하지 않는 선생님이 되겠다고 다짐했다. 온순하고 유약한 나에게 커닝을 했느냐는 담임의 물음은 트라우마가 되었다. 그 후 시험을 볼 때면 고개도 돌리지 못하는 아이로 자랐다. 교사의 말 한마디가 아이에게 어떤 영향을 미치는지 뼈저리게 느낀 첫 경험이었다.

몇 달 후 졸업을 앞두고 중학교 원서를 쓸 때였다. 중학교 입학 원서를 쓸 때 고등공민학교에 지원하겠다고 선생님께 말씀드렸다. 그러자 선생님은 '그 학교는 미향이처럼 공부를 잘해야 하는데, 선희 너는 검정고시를 합격하기가 힘들 테니 그냥 왕신여중에 가라'고 말씀하셨다. 나는 그 말에 화가 나서 기필코 교사가 되겠다고 다시 한번 굳게 다짐했다.

그러나 의지가 곧 행동으로 이어지지는 않았다. 내가 고등학생이 될 만큼 오랜 시간 동안 그 결심을 까마득히 잊고 살았다. 그러던 어느 날 고등학교 2학년 가을에 아버지께서 진로에 대해 말씀하실 때 그 꿈이 다시 깨어났다.

"선희야, 너 어떻게 할래? 공무원 시험 볼래? 아니면 공장 갈래?"

"공무원 시험도 안 보고 공장도 안 갈 거예요."

"그럼 뭐 할 거냐?"

"교대 가서 교사가 될 거예요."

갑작스러운 아버지의 말씀에 아무 생각 없이 얼떨결에 나온 대답이었다. 공무원 시험도 싫고, 공장도 가기 싫었기에 대책 없이 교대를 가겠다고 큰소리쳤지만 자신감도 믿음도, 구체적인 계획도 없었다. 더 이상 물러설 곳도 없어서 무작정 공부에 매달렸다. 고등학교 3학년 1년 동안 공부에만 파묻혀 지냈다. 기초가 안 된 수학을 빼고는 모든 암기 과목에 집중했다. 공부한 만큼 성적이 올라갔다. 공부가 재미있다는 것을 처음 느꼈다. 공부가 재미있다 보니 성적이 수직으로 상승했다. 그렇게 공부해서 교대에 입학했다. 초등학교 6학년 때의 꿈이 이루어진 것이다. 꿈꾸는 것은 위대함의 시작이다. 언젠가 꿈꾸었던 것은 메아리가 되어 돌아온다.

"너 정말 그것을 원한 거 맞아?"

"그래, 맞아!"라고 대답하면 꿈은 시작되고, 거기에 집중하면 꿈은 현실이 된다. 어른들은 현실적인 조건과 가능성에 따라 계획하며 꿈을 꾸지만 아이들은 다르다. 아이들은 현재의 조건과 상관없이 자신이 원하는 것을 꿈꾼다.

2018년 3월, 새 학기에 쇼트트랙 스케이트 선수나 컬링 선수가 되겠다는 아이들이 많았다. 교실과 복도를 오가며 아이들은 스케이트 선수 흉내를 낸다. 청소할 때도 빗자루나 쓰레받기로 "영미, 영미" 하며 컬링 흉내를 낸다. 평창 동계올림픽의 영향이다. 시간이 지나면 아이들의 꿈은 또 바뀐다. 아이들은 상황에 따라 꿈이 수없이 바뀐다. 소방훈련을 하고 나면 119 대원이 되겠다고 하고, 안전교육을 하면 경찰이 되겠다고 한다. 그렇게 한 학년이 끝나갈 무렵까지 꿈이 몇 번이나 바뀐다. 그렇게 꿈꾸며 아이들은 자란다.

인생은 꿈꾸고 그 꿈을 실현해나가는 과정이다. 열망하고 갈망하고 도전하며 이루어나가는 것이 삶이다. 소망은 생각을 낳고, 생각은 행동으로 이끈다. 그 행동이 운명을 만든다. 꿈은 삶의 동기이며 현실을 바꾸는 원동력이다. 꿈은 당신을 미래의 삶으로 이끈다. 나는 오늘도 꿈을 꾼다. 그리고 그 꿈을 향해 나아간다.

무엇이 나를
움직이게 하는가

내 안에는 나를 움직이게 하는 무엇인가가 있다. 나를 멈추지 않게 하는 엔진이 있다. 끊임없이 열망하고 꿈꾸는 이 엔진이 나를 존재하게 한다. 처음에는 나를 끌고 가는 힘의 정체가 무엇인지 알 수 없었다. 한번 시동이 걸리면 숨쉬기조차 힘든 강렬함이 나를 이끌었다.

'무엇이 이토록 강하게 시동을 거는 걸까?'

잘 때도 쉬지 않고 절망했을 때도 일으켜 세워주는 그것의 정체가 궁금했다. 이 엔진의 정체에 대해 오랫동안 숙고했다. 그 결과 찾아낸 것이 바로 꿈, 열정, 사랑이다.

첫째, 나를 움직이는 힘은 '꿈'이다.

도토리는 아름드리나무를 꿈꾸었기에 아름드리 참나무로 자란다. 나 또한 꿈꾸었기에 지금의 나로 존재할 수 있다. 도토리는 누구의 먹이나 땔감이 아닌 아름드리나무를 꿈꾼다. 그 꿈이 참나무를 하늘 높이 자라게 해주는 힘이 된다.

나의 꿈은 자유다. 대학교 1학년 때 부처님의 생애를 읽고 진정한 '자유'를 꿈꾸었다. 바람에 흔들리는 깃발이 아닌 그 무엇에도 얽매이지 않는 바람처럼 살고 싶었다. 바람처럼 자유롭고 싶었다. 이것이 나를 움직인 삶의 동기이며 목표였다. 처음 부처님의 생애에 관한 책을 읽었을 때 큰 감명을 받았다. 생로병사를 초월하기 위해 출가해서 깨달은 부처님이 존경스러웠다.

나는 다른 사람들의 평가와 기준에 따라 기분이 달라지는 바람에 흔들리는 깃발처럼 살았다. 다른 사람에 의해 수시로 기분이 변하는 내가 너무 싫었다. 한때는 부처님처럼 되고 싶은 열망에 출가를 꿈꾸었다. 부처님이 깨달음을 얻기 위해 500생을 수행한 내용을 설파해놓은 경전을 접하고 진리를 얻기 위해 목숨을 던지는 무수한 장면들을 보며 감동했다. 그리고 내 근기根氣로는 어림도 없다는 생각에 이번 생은 보살로 살아야겠다는 정도로 꿈과 타협했다. 누구에게나 봉사하는 보살을 꿈꾸었다. 그런데 가만히 보니 그 또한 쉽지 않을 것 같았다. 지금 생각하면 참 어리고 순수했다는 생각이 든다.

대학교 1학년 2학기 때 나는 한국대학생불교연합회^{대불련} 문화부에 가입했다. 문화부는 사물놀이, 민요, 불교와 사회과학을 공부했다. 문화부 활동을 하면서 세상을 보는 관점이 바뀌어갔다. 인간의 존엄성과 노동의 가치가 인정받는 세상, 평등 세상, 자유로운 사회를 꿈꾸었다. 현실적인 자유를 위해 민주화가 이루어져야 하고 사회의 정치, 경제의 구조적인 변혁이 이루어져야 한다는 것을 알았다. 그러기 위해서는 민주주의 운동이 자유를 위한 답이라고 생각했고, 그 마음이 나를 학생운동과 교육운동으로 이끌었다. 그것이 민주주의 운동에 대한 열정으로 이어져 나의 20대를 대차게 살아가게 했던 힘이 되었다. 자유를 향한 나의 치열한 여정은 그렇게 시작되었고, 나는 여전히 그 여정을 따라가고 있다.

둘째, 나를 움직이는 힘은 '열정'이다.

열정은 높게만 느껴졌던 나 자신의 한계의 벽을 넘어설 수 있도록 이끌었고, 혹여 내가 넘어져도 다시 일으켜 세워주었다. 대학교 1학년 때 꿈꾸었던 깨달음에 대한 열망이 나를 학생운동과 교육운동으로 이끌었다면, 스물아홉 좌선 중에 느꼈던 지복감^{至福感}, 즉 더없는 행복은 나를 '진정한 자유와 깨달음의 길'로 인도했다. 나는 그 느낌의 정체를 찾기 위해 종교 단체들과 명상원, 그리고 람타 깨달음 학교^{람타 스쿨}에 이르기까지 긴 시간의 여정을 보냈다.

열정은 미지를 향해 나아가도록 나를 이끌어주었다. 열정은 자신 감 없던 아이를 성장시키는 원동력이며, 자유를 꿈꾸었던 도토리를 하늘을 향해 뻗어 있는 참나무로 성장시키는 힘이다. 깨달음에 대한 열망은 나를 이곳저곳으로 이끌어주었다. 열정이 또 어떤 미지로 나를 이끌지 기대된다.

《100명의 세계인》에 소개된 질 헤이너스는 해저동굴 다이빙 탐험가, 수중 사진가와 영상작가로 다양한 영역에서 활발하게 활동하는 사람이다. 그녀는 그동안 북극의 빙하 탐험과 해저동굴 탐험을 통해 많은 연구 결과를 내놓고 작품 활동을 해왔다. 해저동굴 다이빙은 지구상에서 가장 위험한 스포츠다. 그녀는 이 스포츠를 통해 미지의 세계를 탐험하면서 밝혀지지 않은 수중 세계를 사진에 담고 영상을 통해 세상에 알리는 일을 한다. 그녀가 처음 이 일을 시작했을 때는 돈도 없고, 여자라는 이유로 꽤 힘들었다고 한다. 그러나 그녀는 포기하지 않았다. 그녀에게 다이빙은 자신이 좋아하는 일이며 더 나은 세상을 만드는 일이라고 생각했기 때문이다. 그녀는 이렇게 말한다.

"지구 깊숙한 곳에 숨겨진 비밀을 제 카메라로 찍어 세상과 공유하는 일은 엄청난 성취이자 특별한 기쁨입니다. 다이빙은 제게 멈출 수 없는 도전이고, 더 나은 세상을 만드는 방법입니다. 무엇보다 제가 가장 좋아하는 일이죠. 전 세상을 제가 알던 곳보다 더 나은 곳으로 만들고 싶어요. 만약 다른 일을 하게 된다면 지구 기후 변화나 지속 가능성과 같은 중요한 쟁점들을 다루는 재단이나 자선 단체에서 일할 거예요."

자신이 좋아하는 일을 포기하지 않고 열심히 하면 난관도 극복할 수 있다. 그녀는 우리에게 좋아하는 일을 하라고, 사랑하는 일을 하라고 권한다.

셋째, 나를 움직이는 힘은 '사랑'이다.

자신을 사랑하는 것은 자신의 느낌과 생각을 허용하는 일이며 주어진 현실을 사랑하는 일이다. 작은 느낌도 무시하지 않고 허용하는 것에서 자신에 대한 사랑은 시작된다. 가끔 무의식중에 느껴지는 것들이 있다. 예를 들어 출근할 때 우산을 가져가고 싶은 생각이 들었지만 날씨가 좋아서 그냥 가면 퇴근 무렵 비가 온다.

일상생활을 하면서 때로는 이성적인 생각보다 감정적인 느낌이 맞을 때가 있다. 누구나 비슷한 경험을 해봤을 것이다. 나는 출근할 때 옷장을 열고 마음에 드는 옷을 골라 입는다. 특별한 계획 없이 그날의 느낌에 따라 옷을 선택하는데, 편한 옷을 좋아하는 편이라 주로 그런 옷을 입고 출근한다. 그러다가 어떤 날은 정장에 눈이 가서 입고 출근하면 출장이나 학교 행사가 잡혀 있는 경우가 있다.

느낌을 따라가면 일이 빨리 처리될 때가 있다. 잃어버린 오래된 물건을 찾을 때나 내비게이션 없이 길을 찾아갈 때도 느낌을 따라가면 도움이 된다. 동물들이 본능에 따라 지진과 홍수를 피해 이동하는 것처럼 우리도 무의식적인 감각을 느낄 수가 있다.

그 느낌들은 누가 보내는 것일까? 무의식 또는 잠재의식이라고 부르는 내 안의 신이다. 느낌을 수용하고 따라가다 보면 더 많은 나를 만날 수 있고, 마침내 내 안의 신과 조우할 수 있다. 나를 둘러싼 현실은 언젠가 내가 원했던 갈망과 열망의 결과다. 현실과 마음이 고통스럽고 힘들다면 그것을 통해 내가 경험하고 얻는 것이 무엇인지 숙고해야 한다. 경험하며 얻는 모든 감정은 보물과 같아서, 그 감정을 깊이 들여다볼 때 자신을 알 수 있다. 자신을 사랑하는 것은 자신의 느낌을 허용하고 수용하는 것이며, 자신의 현실을 이해하는 것이다. 나를 움직이는 세 번째 엔진은 나를 허용하는 마음, 나를 사랑하는 마음이다.

꿈과 열정과 사랑, 이것이 나를 움직이는 힘이다. 나를 생생하게 살아 움직이게 하는 힘이다. 생각하고 느끼고 행동하게 하며, 나를 추동하는 원동력이다. 나는 언제나 내일을 꿈꾼다. 나를 둘러싸고 있는 조건보다 가슴의 울림에 따라 꿈을 꾼다. 지금 당장은 조건이 안 될지라도 그냥 꿈꾸는 것이다. 하고 싶은 바람과 갈망이 있다면 이미지화하고 집중한다. 초등학교 시절 공부에 관심이 없었던 소녀는 교사를 꿈꾸었기에 교사가 되었다.

나는 이제 세상과 마음을 나누고 소통하는 새로운 꿈을 꾼다. 진정으로 원하는 것이라면 그 꿈을 중심으로 나의 환경이 바뀌고 결국 그것은 이루어질 것이다. 이것이 바로 자신의 운명을 바꾸는 방법이다.

꿈꾸고 열망하는 자신을 사랑하라. 새로운 운명이 열릴 것이다. 그러니 원하는 꿈을 꾸고 열망하라. 그것들이 곧 새로운 운명이 될 것이다. 꿈은 이루어진다.

진정한 나로 살기 위한
네 가지 질문

우리 일생은 나를 찾아 떠나는 여행이다. 누구나 살면서 '나는 누구인가, 어디서 왔는가?'라는 고민을 했을 것이다. 사춘기는 자신의 삶을 선택하기 위한 준비 기간이며, 또한 세계관을 정립하는 시기다. 이 시기는 자신의 정체성을 형성해가는 과정이기에 나에 대한 본질적인 질문을 하게 된다. 진정한 나로 살기 위해 질문은 또 다른 질문으로 이어지며 자아를 형성한다.

'나는 누구인가?'

'나는 무엇을 원하는가?'

'나는 무엇을 사랑하는가?'

'나는 어떻게 살아갈 것인가?

나는 내 정체성을 찾기 위해 일생 동안 이 질문들을 끊임없이 되뇌었다. 대학원 시절 철학 교수님께도 여쭤봤다.

"교수님, 저는 아직도 '나는 누구인가?'라는 질문을 합니다. 어느 정도 답을 찾았다 싶다가도 시간이 지나면 또 묻게 됩니다. 왜 이 질문은 나이가 들어도 계속되는 걸까요?"

그러자 교수님은 "나도 그렇다네"라며 웃으셨다. 교수님도 그런 고민을 한다는 말에 동질감이 느껴졌다.

우리는 살면서 끊임없이 질문을 던지게 된다. 심리학자인 에리히 프롬 또한 인간의 본질을 만드는 것은 대답이 아니라 질문이라고 했다.

1. 나는 누구인가

'나는 누구인가?'라는 질문은 평생 나와 함께해온 화두다. 고민했던 답을 찾았다 싶다가도 어떤 지점이 되면 다시 되묻게 되는 물음이 바로 '나는 누구인가?'라는 정체성에 대한 질문인 것 같다. 이 질문에 정해진 답은 없지만 그 답은 스스로 찾아가는 것이기에 성숙해진 만큼 답도 성숙해진다. 질문을 던진 그 시점에서 자신이 원하고 갈망하는 것에 따라 답도 달라진다.

30대 후반, 명상원에 들어간 지 얼마 되지 않았을 때의 일이다. 하루는 좌선하면서 무심하게 떠오르는 '나는 누구인가? 또 어디서 왔는가?'라는 화두로 깊은 생각에 빠졌다. 그러자 마음의 흐름을 따라 현재에서 과거로 들어가기 시작했다. 지금 숨 쉬며 앉아 있는 나는 부모님의 딸이자 두 아이의 엄마이며, 학생들의 교사다. 그전에는 전교조의 해직 교사였고, 그전에는……. 현재에서 과거로 한걸음씩 들어갔다. 아무 느낌도 생각도 없이 그렇게 생각하다가 어느 순간부터 그냥 앉아 있었던 것 같다.

그러다가 갑자기 아기가 태어나는 모습이 보였다. 아기가 나올 때 힘겨워하는 모습과 세상에 나오면서 몸이 바뀌는 것이 느껴졌다. 그리고 다른 장면이 보였다. 울고 있는 여자아이를 남겨두고 누군가가 집을 떠나는 모습, 또 배가 남산만 한 여자가 부잣집에서 쫓겨나 뒤쫓아 오는 남자의 칼에 죽는 모습, 그 일을 시킨 남자의 얼굴과 노스님이 큰 지팡이를 짚고 흰 수염을 휘날리며 산에 서 있는 모습이 보였다. 영화처럼 여러 개의 장면이 지나갔다. 그러면서 그 속에 있던 여인의 고통, 슬픔, 두려움이 그대로 느껴졌다. 눈을 떴을 때 얼굴은 눈물범벅이 되어 있었다. 이것이 내가 전생을 처음 본 경험이다.

좌선을 통해 전생을 보기도 하고, 깊은 지복감을 통해 '나는 누구인가?'에 대한 답을 찾아 나서기도 했다. 전생을 보고 답을 찾아가면서 나는 선택했던 삶에 대한 의문들이 풀리기 시작했다. 전생을 보면서 무엇을 위해 윤회를 선택했는지, 현재의 삶에서 내가 깨우쳐야 할 것은 무엇인지에 대해 답을 찾을 수 있었다. 결국 모든 것은 내가 선택했음을, 지혜를 얻기 위해 수많은 삶을 선택했음을 알게 되었다. 나에 대한 연민과 피해의식이 점차 사라지기 시작했다.

2. 나는 무엇을 원하는가

내가 궁극적으로 열망했던 것은 자유이며, 지금도 여전히 완전한 자유를 꿈꾼다. 왜 인간은 자유를 포기하지 못하는 것일까? 자유에 대한 갈망은 모든 생명체의 본능적인 열망이기 때문이다. 우리는 얼마만큼의 자유를 갖고 있을까? 정치적으로나 경제적으로 자유를 누린다 해도 내 안에 나를 통제하는 사회의식과 유전적 영향은 어떻게 극복할 것인가? 자유란 무엇인가?

자유에 대한 질문은 '나는 무엇을 원하는가?'라는 질문으로 이어지면서 내가 살아가는 이유와 목적에 대해 숙고하게 한다. 그 질문을 포기하지 않을 때 자신만의 답을 찾을 수 있고, 그 답을 찾아가는 과정이 자신의 가치와 논리 체계를 만들어가는 과정이다. 그것을 중심으로 세상을 바라볼 수 있을 때 비로소 나 자신의 자유를 향한 삶을 살아가게 된다.

누구나 자유를 열망하지만 자유를 찾아가는 길은 원하는 삶의 목적이 명확할 때 가능하다. 자기중심적인 정체성과 삶의 목적을 명확히 알 때 비로소 바람에 흔들리는 깃발이 아닌 자유로운 바람이 될 수 있다.

3. 나는 무엇을 사랑하는가

숲을 거닐다가 날마다 달라지는 자연의 풍경을 보고 있노라면 몇 가지 의문이 든다.

'나를 살아가게 하는 것은 무엇인가?'

'나를 존재하게 하는 것은 무엇인가?'

'어제의 나와 오늘의 나는 같은가?'

'지금의 강물이 어제의 강물인가?'

'오늘의 나는 어제의 나와 무엇이 다른가?

'어떤 힘이 나를 살아가게 하는가?

생각은 생각을 낳고, 의문은 의문의 꼬리를 물고 깊은 사색에 빠져들게 한다. 그렇게 사색을 하다가 하나의 생각이 떠올랐다.

"이 모든 것과 나를 존재할 수 있게 하는 근원적인 힘은 사랑이다. 사랑이 이 모든 것을 존재하게 한다."

나를 존재하게 했던 모든 것은 나에 대한 사랑이다. 진리를 사랑하고, 자유를 사랑하고, 앎을 사랑하고, 가족을 사랑하고, 학생들을 사랑하는 마음이 나를 살아가게 하는 힘이다. 겉으로 보기에는 거창한 목적이나 숭고한 것들이 더 나은 삶으로 이끈다고 생각하지만, 사실은 사랑을 생각하고 인지하는 의식이 삶을 이끌어간다. 사랑이 삶을 만들어가는 것이다.

4. 나는 어떻게 살아갈 것인가

어린 시절 우리는 위인전이나 교과서를 보며 성장했다. 거기에 등장했던 위인들은 국가와 사회를 위해 헌신했던 사람들이다. 위인들의 삶을 배우면서 내 삶의 바람직한 기준이 만들어진다. 남에게 도움이 되는 사람, 사회에 필요한 사람으로 살아야겠다는 생각을 하게 된다.

나는 20대를 '내가 서 있어야 할 곳은 나를 필요로 하는 곳이다. 이 땅을 위해 하나의 밀알이 되자'는 생각으로 살았다. 그렇기에 내가 좋아하는 개인적인 취미나 낭만을 즐기는 것은 사치라고 생각했다. 나를 필요로 하는 곳에서 살아가는 것이 삶의 목적이었다. 옳고 그름의 이분법적 잣대로 세상을 보았기에 1980년대 광주민주화 운동을 짓밟고 들어선 전두환 정권에 대한 분노와 모순 덩어리 사회에 대한 불신이 컸다. 그 당시에는 불의와 모순으로 가득 찬 세상을 바꾸는 것만이 의미 있게 느껴졌고 '어떻게 살 것인가?'라는 물음에 대한 답으로 옳지 못한 세상에 맞서는 것이 당연했다. 자유민주화 운동은 20대 나의 삶의 전부였다.

그때는 그렇게 많은 사람들이 불의에 맞서 싸웠다. 그 마음이 모여 1987년 6월 항쟁을 이끌었다. 그 시절 '어떻게 살 것인가?'라는 물음은 불의의 시대에 살았던 많은 사람들의 고뇌에 찬 질문이었다. 그 질문은 '정의로운 삶이란 무엇인가, 정의로운 사회란 무엇인가?'라는 물음으로 이어졌다. 그 물음에 대한 답이 행동을 이끌었고 그 행동이 모여 우리 사회를 바꾸었다.

'어떻게 살아갈 것인가?'라는 물음은 삶의 지향점에 관한 것이다. 삶의 지향점에 관한 물음은 사람과 사회의 운명을 바꾸는 시작점이다.

이 네 가지 질문은 진정한 나로 살아갈 수 있도록 내게 좌표와 길잡이 역할을 해주었다. 인생에서 변화의 지점이 되면 이 질문들을 다시 하게 되고 그 답을 찾아 삶이 펼쳐진다. '나는 누구인가?'라는 물음에 대한 답은 저마다 다르다. 자신만이 그 답을 알 수 있다. 타인의 기준이 아닌 자신의 기준일 때 자신의 답을 찾을 수 있다.

질문 속에는 답이 있다. 질문하는 행위 자체가 답을 알아가는 과정이기에 그 속에 이미 답이 들어 있다. 성경 마태복음에 이런 구절이 있다.

"구하라 그리하면 너희에게 주실 것이요 찾으라 그리하면 찾아낼 것이요 문을 두드리라 그리하면 너희에게 열릴 것이니 구하는 이마다 받을 것이요 찾는 이는 찾아낼 것이요 두드리는 이에게는 열릴 것이니라."

당신의 삶에 질문을 던져라. 그 질문에 당신의 삶이 답할 것이며, 그 답이 당신을 삶의 주인으로 이끌 것이다.

06

마음이 가는 대로
행동하기

어느 날 산에 가서 길옆에 홀로 서 있는 소나무에게 물었다.

"나무야, 외롭지 않니?"

"내가 있어서 외롭지 않아."

아무 기대 없이 그냥 물었는데 소나무가 대답했다. 그 대답에 깜짝 놀랐다. 내가 있어서 외롭지 않다는 말을 며칠 동안 생각했다. 그리고 '그래, 나는 혼자가 아니었어. 항상 나 자신과 함께였어'라고 생각하니 마음이 따뜻해졌다.

이 이야기가 4차원적으로 들릴 수도 있겠다. 하지만 동화에서나 있을 법한 이 대화는 살아 있는 생물과 존재에 대해 새로운 생각과 시각을 갖게 해주었다. 바로 마음을 열면 모든 것과 통할 수 있다는 생각이었다. 나는 가끔 화초가 하는 말, 나무가 하는 말이 들릴 때가 있다. 마음이 열릴 때 느낄 수 있다. 이 이야기는 허용과 경험에 대한 것이다. 자신의 느낌을 허용하고 마음이 가는 대로 할 때 생각지도 못한 새로운 경험을 할 수 있다. 그것이 바로 미지에 대한 탐험이고, 새로운 것에 대한 깨달음이다.

'인간은 자유로운 존재인가?'라는 물음은 인간의 본질에 대한 질문으로 철학, 사회학, 심리학에서 오랫동안 논쟁해온 중심 주제다. 우리는 부모로부터 물려받은 유전적 성향, 사회적 규범, 법률, 도덕, 사회의식으로부터 절대적인 영향을 받는다. 또한 자신을 규정하는 것들의 영향을 받으며 살고 있다. 그럼에도 불구하고 순간순간 선택을 통해 살아간다. 삶은 선택의 연속이다. 나는 무엇인가를 선택할 때 최대한 사회의식으로부터 영향을 받지 않기 위해 노력한다. 온전히 내 생각대로 선택하려고 노력한다.

한동안 몸이 아팠다. 그 이유를 생각해보았다. 내가 무엇을 원하는지 무시하며 살았기에 병이 왔음을 깨달았다. 내가 원했던 것보다 나를 규정하는 것에 나를 맡기고 살아서 병이 난 것이었다. 갈망하는 마음을 무시했을 때 마음이 병들고 몸에도 질병이 나타난다.

아프고 난 뒤에야 나 자신을 보기 시작했다. '내가 하고 싶은 게 뭐지? 원하는 게 뭐지?' 하고 생각했다. 결혼하면서 잊고 살았던 자유에 대한 갈망을 생각했다.

명상과 불교에 관련된 책을 다시 읽기 시작했다. 삶의 진정한 목적을 찾고 싶었다. 20대 후반 처음 느꼈던 자유로움과 평화롭고 행복했던 느낌을 찾고 싶었다. 좌선을 통해 느꼈던 지복감을 알고 싶었다. 몇 년간 그 느낌을 찾아다녔다. 명상 서적을 읽고 스님과 몇몇 수행자들을 만났지만 만족스러운 답을 들을 수 없었다. 삶에 대한 진리를 찾고 싶었다. 그것은 진정한 자유인 '깨달음'에 대한 갈망이었다. 그래서 자유를 찾아 떠나는 여정을 다시 시작했다. 내 마음에 집중해 좌선을 했고 명상원도 찾아갔다. 그 당시 깨달음에 대한 열망이 가득했기에 온통 공부 생각으로 하루하루를 보냈다.

자신을 보는 것이 마냥 즐겁고 행복한 것만은 아니다. 깊이 좌선할 때 느꼈던 지복감은 더없이 평온하고 행복했지만 항상 그런 것만은 아니었다. 때로는 내 안에 묻어두었던 감정이 일렁일 때, 아픔과 고통과 분노가 흙탕물처럼 올라왔다. 활화산처럼 터져 나오는 그 감정의 정체를 이해하게 되었을 때 비로소 나는 과거를 용서할 수 있었다. 새로운 앎의 경이로움과 기쁨으로 1년을 보냈다. 그러나 관점의 차이로 명상원을 떠날 때까지 고통을 겪어야 했다. 펀치 않았던 그곳에 남아 있었던 유일한 이유는 깨달음에 대한 열망 때문이었다.

내 마음을 따라 산다는 것이 편하고 행복한 것만은 아니다. 보이지 않는 마음의 길을 따라가는 것은 불확실한 일이며, 그 길은 예측할 수 없는 미지의 세계다. 지인들은 한 번밖에 없는 인생인데 뭘 그렇게 고민하느냐면서 그냥 즐기며 살라고 말한다. 그러나 나는 갈망하는 것을 무시하기가 힘들다. 가볍게 살고 싶다고 그렇게 살아지지도 않는다.

우리가 어떤 일에 마음이 끌리는 이유는 그 일을 경험해야 한다는 신호다. 숙제이기에 끊어도 다시 나타난다. 몇 번이고 되풀이되는 문제는 자신이 깨달아야 할 것이기에 알아차릴 때까지 반복된다. 그 숙제가 끝나면 비로소 새로운 길이 열린다. 명상원에서 겪었던 여러 가지 일들 또한 내가 풀어야 할 숙제이기에 경험한 것이다. 그곳에서 만난 사람들 모두는 나를 깨우침으로 연결해준 러너learner들이었다.

답을 찾은 뒤에 나는 명상원을 나올 수 있었다. 그곳을 나오면서 새로운 영성 공부를 시작했다. 람타의 가르침을 담은 《람타 화이트 북》을 읽었다.

"당신은 신이다. 삶의 목적은 미지를 알아가는 것이다. 의식과
에너지는 현실을 창조한다. 자신을 정복하라."

이 메시지를 접하면서 막혔던 가슴이 뚫리고 삶의 의미에 대한 답
을 찾을 수 있었다. 우리가 삶을 선택하는 이유는 성장이다. 미지를
경험하고 지혜를 알아가기 위함이다. 그렇기에 수많은 고난과 역경
을 겪어야 하는 것이다.

이제 나는 마음이 시키는 것을 무시하지 않는다. 긴 여정을 통해
나는 깨달았다. 20대부터 50대까지 각 시기마다 내가 풀어야 할 숙
제가 있었기에 다르게 살아왔음을 안다. 모든 사람이 자신의 입장
에서 세상을 보며 살아간다. 각자의 여정이기에 각자의 삶을 살아
가고, 저마다 풀어야 할 숙제도 다르다. 살다 보면 이유 없이 끌릴
때가 있다. 무시해도 계속 생각나서 그것을 놓을 수 없을 때가 있다.
그것은 끝내지 못한 숙제이기 때문에 끌리는 것이다. 그 끌림은 계
속 이어진다. 그것을 따라가라. 그 길을 따라가면 이유를 알 수 있
다. 마음이 시키는 대로 따라가면 삶의 순수한 동기를 알 수 있다.

당신의 마음은 어떤가? 어떤 것에 반응하고 끌리는가?

지금 우리에게 필요한 건, 실패 연습

살아가는 것은 경험의 연속이다. 살아 있다면 무엇인가를 하게 되고, 그것을 통해 느끼고 생각한다. 그것이 성장의 과정이다.

남편은 초보 농사꾼이다. 도시에서 전기 관련 일을 하다가 귀농해서 4년째 딸기 농사를 짓고 있다. 함양 지역의 특산품인 사과나 여주를 선택하지 않고 딸기를 고른 이유는 딸기에 대한 로망 때문이었다. 어린 시절 어머니가 딸기밭에서 일하고 가져오신 딸기가 그렇게 좋았다고 한다.

남편은 딸기 농사 교육을 받으면서 기대와 희망에 부풀어 있었다.

그러나 막상 딸기 농사를 시작하니 현실은 만만치 않았다. 딸기 농사는 대부분 부부가 함께 한다. 한 사람이 딸기를 따고 한 사람이 포장을 한다. 이러한 시스템으로 부부가 함께 일해야 효율적인데 남편은 혼자 모든 일을 해야 한다. 새벽에 일어나서 딸기 따고 포장하고 운반하고 농장 정리까지, 혼자 하기에는 벅찬 일이다. 딸기 농사는 그에게 고된 노동이 아닐 수 없다.

첫해에는 처음치고는 잘했다는 정도로 수확을 했다. 그러나 둘째 해는 참패에 가까웠다. 병든 딸기 모종을 샀고, 시들해지면서 죽어갔다. 시련과 고통으로 보낸 한 해였다. 딸기가 죽어가니 까맣게 타들어가는 마음이 오죽했겠는가. 죽어가는 딸기를 보며 삶과 죽음에 대해 많이 생각했던 해였다.

셋째 해는 둘째 해보다는 성공적이었다. 첫해와 비슷했다. 성공도 실패도 아닌 현상 유지 정도였다. 그리고 올해 부푼 꿈을 안고 신품종으로 출발했다. 첫 딸기를 출시할 때까지만 해도 농사도 잘되고 가격도 좋았다. 그러나 겨울에 '흰가루'라는 곰팡이 균이 번지면서 두 달 일찍 농사를 접었다. 딸기 농사는 시설비가 엄청나게 많이 든다. 수확까지 들어가는 비용이 만만치 않다. 겨울철에는 가격이 비싸서 비용을 뽑을 수 있다. 그러나 봄철에는 겨우 품삯 정도밖에 건지지 못한다. 아직까지 딸기 농사는 절반은 성공, 절반은 실패인 듯하다.

우리에게 귀농은 새로운 도전이었다. 자연에서 살아가는 기쁨도 있었지만 어려움도 많았다. 한 동네에서 나고 자란 마을 사람들 속에 섞인다는 것은 물과 기름이 어울리려고 하는 것만큼이나 낯선 경험이었다. 함께 어울릴 수 있는 공감대를 찾기가 힘들었고, 객지 사람이라는 어색함도 불편했다. 남편에게 농사를 지어보니 어떠냐고 물었다.

남편은 "적당히 일하고 적당히 벌고, 여유가 되면 하고 싶은 공부를 하는 게 목적이었는데, 막상 농사를 지어보니 일은 겁나게 많은데 돈은 안 되고 공부는 눈곱만큼밖에 못 한다"고 했다. 농사를 지으면서 깨달은 것은, 농사로는 경제적으로도 시간적으로도 자유를 얻기 힘들다는 것이었다. 그러나 농사를 선택한 것을 후회하지는 않는다고 했다. 남편은 말했다.

"어릴 때 시골에서 9남매 중 막내로 자란 탓에 실제로 농사일을 많이 못 해봐서 우리 가족과 농촌 사람들에 대한 이해가 없었어. 농사를 지어보니 어릴 적 이해하지 못했던 많은 것을 이해할 수 있게 된 것 같아."

농사를 지으면서 실패로 절망하고 두려움에 빠져보니 가족들이 어떤 마음으로 살았는지 이해하게 된 것이 농사를 지으면서 얻은 큰 수확이라고 했다. 딸기 농사를 통해 어린 시절 마음의 빚을 덜고, 고 단했던 부모님과 형제들을 이해할 수 있었던 것만으로도 의미가 큰 듯했다.

모든 경험은 중요하다. 그 어떤 경험이라도 남는 게 있고, 경험을 통해 생긴 새로운 생각과 이해는 사고를 확장시킨다. 아이는 걷기 까지 수없이 넘어지지만 다시 일어서면서 결국 걷게 된다. 이렇게 성장하기 위해서는 실패의 경험이 필요하다. 나무가 바람에 흔들리 지 않고 성장할 수 없듯이, 우리 또한 수없이 넘어지고 일어나는 과 정을 통해 성장한다.

제임스 다이슨은 영국의 발명가이자 혁신적 기능과 디자인으로 자리매김한 가전제품 브랜드 다이슨의 설립자다. 런던 왕립미술대 학에서 산업디자인을 전공한 그는 새로운 생각을 좋아하는 아이디 어맨이자 지금까지 없었던 무엇인가를 발명하려는 도전가다. 그는 새로운 아이디어가 떠오르면 끊임없이 구상하고 실험했다. 그는 물 건에 대한 궁금증을 풀기 위해 분해하는 습관을 갖고 있었다.

먼지봉투 없는 사이클론 진공청소기는 그가 기존의 청소기를 분 해하고 연구한 끝에 나온 결과물이다. 그는 처음 청소기를 분해하기 시작해 3년 동안 수없이 실패를 거듭한 끝에 먼지봉투가 없는 청소기를 개발했다. 이 사이클론 진공청소기를 개발하기까지 그는 많은 어려움과 난관에 부딪쳤지만 5,126개의 청소기를 분해하면서 연구를 계속했다. 기술 개발을 위한 자금과 연구소도 없어서 자신의 집을 담보로 은행에서 대출을 받아 그 돈으로 창고에서 연구했다. 그리고 3년 동안 연구에만 몰두한 끝에 청소기 개발에 성공했다. 그 외에도 날개 없는 선풍기, 손 건조기 등 우리 주변에서 볼 수 있는 여러 제품들을 발명했다.

세상의 발명품들은 이처럼 새로운 아이디어에 도전하는 사람들이 실패에도 포기하지 않고 노력한 '실패'의 결과물들이다.

"실패는 어떻게 우리를 성장시키는가?"

우리는 실패했을 때 진짜 자신과 만나게 된다. 실패는 끓어올랐던 자신감과 열정을 식혀주는 냉각수다. 무엇이 잘못되었는지, 무엇을 잘못했는지 자신을 되돌아보게 한다. 이때 우리는 자신의 새로운 면을 볼 수 있다. 고통은 생각의 힘을 키워준다. 우리는 그것을 선택했던 이유와 일의 진행 과정을 세밀하게 생각하게 되고, 그것을 진행하면서 사소하게 생각하고 지나쳤던 일들이 일으킨 오류를 검토하게 된다. 깊은 내면의 대화를 통해 자신과 대면한다. 지나쳐버린 자신을 알게 된다.

　실패를 통해 우리는 자신이 무엇을 원하는지 알게 된다. 진정으로 자신이 원하는 것을 찾는다면 성공할 수밖에 없다. 좋아하는 일을 할 때 가슴에서 샘솟는 열정이 자신을 끌어당기기 때문이다. 실패는 지혜를 얻어가는 과정이지 결코 패배가 아니다. 우리에게 필요한 것은 실패하는 연습이다. 넘어져도 다시 일어나서 도전하는 용기가 필요하다. 실패가 두려워서 시도조차 하지 않는다면 더 이상 앞으로 나아갈 수 없다. 그러니 오늘 실패했다면 '실패 연습을 했다'고 생각하라. 실패를 성장을 위한 연습으로 허용하라.

　실패는 우리를 성장시키는 디딤돌이다. 실패의 고통은 성장 과정에서 겪는 성장통이다. 실패의 경험은 나를 성장시키는 자산이다. 지금 우리에게 필요한 것은 성공이 보장된 길이 아니라 실패 연습이다. 실패 연습을 통해 진심으로 원하는 것을 찾는 것이다.

2장

실패가 아니다,
성장 자본이다

실패가 아니다, 성장 자본이다

우리는
실패하지 않았다

우리는 무엇을 실패라고 말하는가? 일반적으로 목표를 달성하지 못했을 때, 사회적 입지가 추락하거나 권리를 상실했을 때를 실패로 규정한다. 그렇기에 사람들은 실패했을 때 물질적으로 큰 피해를 입는 것은 물론 후회, 자책감, 분노, 두려움, 고통, 피해의식, 적대감 등과 같은 감정에 휩싸인다. 그 순간의 감정들은 기억으로 남아 트라우마가 되기도 하고, 같은 실패를 되풀이하지 않기 위해 신중히 선택하는 태도를 취하는 계기가 되기도 한다.

인간은 사회적 동물로서 집단을 이루며 살아간다. 우리의 DNA에는 태초부터 생존에 필요한 모든 정보가 대를 이어 축적되어 왔다. 이러한 유전 정보에는 집단생활이 생존에 유리한 전략이라고 기록되어 있다. 따라서 우리는 집단으로부터 거부당하거나 퇴출되면 본능적으로 두려움을 느낀다. 집단으로부터의 퇴출은 존재 이유에 대한 회의로 이어지기도 하며, 이로 인해 자존감을 상실하고 사람에 대한 불신에 사로잡히거나 거부당하는 것에 대한 두려움이 생기기도 한다. 나는 많은 실패를 경험했다. 특히 집단에서 퇴출당했던 경험은 오랫동안 상실감과 패배감을 안겨주었다. 그 경험들을 정리해 보았다.

첫 번째는 전주교육대학교^{전주교대}에 다닐 때 불교 동아리에서 제명당한 일이다. 2학년 때였는데, 민중불교 입장을 지지한다는 것이 제명 이유였다. 지도교수님은 종교 단체가 사회민주화 운동에 참여하는 것을 강하게 반대했다. 당시 대불련 소속이었던 문화부는 사회민주화 운동에 참여하고 있었다. 대불련 활동을 반대했던 지도교수님은 문화부에서 활동하고 있다는 이유로 나를 불교 동아리에서 제명시켰다. 그로 인해 좋아했던 불경 공부와 사찰 수련 활동에도 참여할 수 없었다. 내 의지와 관계없이 강제로 제명당한 것이 억울했고, 정들었던 동아리에 더 이상 참여할 수 없다는 것이 마음 아팠다. 그 사건으로 교육대학에 실망했고, 학교에 대한 기대감도 점점 사라졌다.

몇 년 전 전주교대 불교 동아리 동기들이 경남 통영으로 여행을 왔다. 졸업 후 처음 만나는 동기들이 반가워서 모임에 참여했다. 오랜만에 친구들을 만나니 감회가 새로웠다. 잊고 살았던 학창 시절 이야기도 나누었다. 동기 하나는 "네가 부럽다. 나는 그때 데모 한 번 못해보고 뭐했을까" 라고 말했다.

통영의 바다 향기를 맡고 있노라니 옛 친구들과의 추억들이 새록새록 떠올랐다. 아득한 그때의 기억들은 이제 그리운 추억이 되어 있었다. 그만큼 나는 성장해 있었고, 옛일을 추억으로 여길 만큼 마음에 여유가 생겼다.

두 번째는 교단에서 해직된 일이다. 1988년 9월, 우여곡절 끝에 교대를 졸업하고 경남 통영의 바닷가에 있는 작은 학교로 발령을 받았다. 그 당시 교육계는 권위적이었고, 따라서 교사는 노동자로서의 권리를 외칠 수 없던 때였다. 교사들은 사회민주화에 발맞추어 교육의 민주화를 지향하는 교사협의회 활동을 활발히 펼치고 있었다. 1989년 5월 27일, 드디어 교육민주화를 꿈꾸던 교사들이 모여 전국교직원노동조합전교조 창립을 선언했다. 그러나 정부에서는 전교조를 인정하지 않았고, 불법 단체에 가입했다는 이유로 1,500여 명의 교사들을 해직시켰다. 나 또한 전교조에 소속되어 있다는 이유로 해직되었다. 두 번째 퇴출이다. 해직은 우리의 정당성과 생존을 위협하는 사건이었다.

그해 5월 전교조 결성 이후 해직된 8월까지 3개월의 학교생활은 고통의 나날이었다. 정부는 전교조를 해체하기 위해 갖은 회유와 협박을 일삼았다. 그뿐 아니라 학교장의 고발을 비롯해 학부모를 동원한 항의 집회와 수업 방해, 교사들 간에 조롱과 왕따까지 이어져 피를 말리는 시간이었다.

사회 초년생이었던 내가 감당하기에는 너무 벅찬 일들이었다. 거대한 권력 앞에 우리가 할 수 있는 일은 단식밖에 없었다. 몇 차례 지역별로 단식을 하고 명동성당에서도 단식을 하는 동안 나는 결국 해직되었다. 처음 해직 통지서를 받아들었을 때는 괴롭기만 하던 학교에 가지 않아도 된다는 것이 다행이라고 생각될 정도였다. 고통스럽던 학교로 돌아가느니 해직이 오히려 나았다.

이렇게 나는 두 번째 실패를 겪었다. 그 후 해직 교사라는 새로운 삶이 시작되었다. 해직 후 5년 동안 전국을 다니며 많은 사람을 만났고 다양한 사건을 겪었다. 인생에서 가장 많은 경험을 했던 시간이었다.

세 번째는 명상원에서 퇴출된 일이다. 40대 중반, 10여 년을 함께

했던 명상원에서 퇴출되었다. 처음 명상원에 들어가 활동할 때는 기쁨과 환희로 가득했다. 혼자 고민하고 찾던 길을 물어볼 안내자를 만났다는 기쁨이 컸다. 명상 지도자는 내가 그를 만나기 위해 아홉 생을 돌아왔다며 기뻐했다. 그곳에서 공부를 처음 시작했을 때는 앎에 대한 열망과 갈증으로 꿈에서도 공부에 몰두했었다. 깊은 좌선을 통해 나와 대면했던 시간들은 나를 알아가는 시간이었다. 스물아홉에 처음 느껴보았던 지복감이 무엇인지, 갈망했던 자유가 무엇인지 이해할 수 있었다. 살아 있음에 감사했다. 그렇게 경이로움 속에서 1년을 보냈다.

그러던 어느 날, 명상 지도자가 나를 자신의 적으로 규정하기 시작했다. 내가 자신의 권력을 뺏으려 한다고 생각한 것이다. 지금 생각해도 이해하기 힘든 부분이다. 구도하는 사람들에게 권력이 무슨 의미가 있겠는가. 더구나 작은 명상원에 권력이 있기나 했던가. 답답한 마음에 "나는 깨달음이 목표예요. 깨닫고 싶어서 여기에 왔어요"라고 말했다.

그러자 그는 "송 선생님이 깨달으려는 이유는 깨달으면 가장 큰 권력을 가질 수 있기 때문이에요"라고 답했다. 그는 깨달음이 무엇인지도 모르는 사람이었다. 자신만의 기준으로 상대를 판단하고 그것만이 진리라고 몰아갔다.

그는 모든 것을 '선과 악', '죄와 벌'이라는 카르마 원리, 이원론적 관점으로 세상을 보고 있었다. 명상 지도자가 생각이 다른 나를 적으로 간주했기에 도반들도 나를 불신의 눈으로 보았다. 나는 명상원에서 그렇게 쫓겨났다. 얼마 후 그는 돌아와도 된다며 몇 번이나 전화를 했다. 그러나 나는 그에게 더 이상 전화하지 말라는 말을 전하고 그곳과 인연을 끊었다. 나는 그가 아무것도 깨닫지 못했다고 생각했다. 쫓겨났지만 내 스스로 명상원과의 인연을 정리하고 나온 셈이었다.

명상원을 나온 후에도 혼자 좌선하며 공부를 이어갔다. 이른 아침 좌선을 통해 떠오르는 의문점을 화두로 잡고 하루하루를 살았다. 그리고 영적인 삶과 현실적인 삶의 괴리감을 없애고 싶어서 심리학과 철학을 공부했다. 그렇게 나는 영성 공부와 학문적인 이론을 통합해나갔다. 명상원을 나오면서 나 자신을 성장시키는 기회를 얻을 수 있었다.

"실패는 새로운 기회이며 성장의 안내자다."

나는 이런 뼈아픈 경험들을 통해 실패는 시작이지 결코 끝이 아니라는 것을 깨우쳤다. 실패는 궁극적으로 새로운 변화를 가져다주는 기폭제이며, 나를 새로운 시각으로 볼 수 있는 지점이 된다. 그렇게 실패는 언제나 성장을 위한 발판이 된다. 우리는 실패하지 않았다. 매순간 경험을 통해 지혜를 얻었을 뿐이다.

잃어버린 시간은
없다

　꿈과 희망으로 가득했던 고등학교 3학년 시절은 행복했다. 그때를 생각하면 학교, 교실, 친구, 공부, 동생, 도시락이라는 단어들이 떠오른다. 고 3 때 우리 반 친구들은 학력고사가 끝나기 전까지 교실에서 숙식을 함께했다. 시골이라 집이 멀어서 오가는 시간을 아끼기 위해 우리는 낮에는 공부하고 밤이면 책상을 붙여 이불을 깔고 잠을 잤다. 아침마다 남동생이 가져다주는 도시락 3개가 하루 양식이었다.

　그 당시 우리 교실은 이불이며 옷가지며 도시락이 수북이 쌓여 있던 삶의 공간이었다. 같은 공간에서 함께 먹고 자며 공부하면서 꿈에 부풀어 재잘거렸던 우리, 졸업하면서 정들었던 친구들은 각자의 길을 찾아갔다.

1984년 전주교대에 입학하면서 나는 처음으로 도시로 진출했다. 태어나고 자랐던 작은 시골 동네를 떠나 꿈과 기대 속에서 대학생활을 시작했다. 꿈꾸면 이루어진다는 확신을 통해 얻은 자신감과 호기심이 도전으로 이어졌다.

신나는 일이 없을까 기웃거리는 아이처럼 과 친구들과 함께 교내 방송국과 신문기자 시험에 도전했다. 도전은 실패했지만 입학의 성취감이 컸기에 마냥 즐겁기만 했다. 신입생 환영식에서는 유아교육과 신입생 대표로 나가 어설프지만 내 손으로 직접 짠 하늘색 스웨터를 입고 동화를 구연하기도 했다.

2학기에는 대불련 법회에 갔다가 대불련 산하에 있는 문화부에 가입했다. 문화부는 사물놀이와 민요, 불교 경전은 물론 사회과학도 공부했다. 처음으로 사회과학에 대해 공부하면서 세상에 눈뜨기 시작했다. 고故 리영희 교수의《전환시대의 논리》는 세상을 보는 시각을 바꿔주었다.

1984년은 전두환 대통령 집권 시기였다. TV를 비롯한 모든 언론에서 광주민주화 운동을 '폭도들의 음모'라고 하던 시절이었다. 천주교, 불교, 기독교 단체와 대학생들이 중심이 되어 호헌 철폐와 광주민주항쟁 진실 규명 운동을 시작했다. 그 당시 처음으로 광주민주화 운동 현장을 녹음한 테이프를 선배한테서 얻었다. 한밤중에 자취방 이불 속에서 휴대용 카세트에 넣고 틀자 탱크 소리, 군홧발 소리, 다급한 여자의 방송 소리가 들렸다. 테이프에서 들려오는 모든 소리는 실제 상황이었다. 무섭고 두려워서 가슴이 두근거리고 온몸이 덜덜 떨렸다.

'세상에 이럴 수가. 역사 시간에 배운 것과 방송에서 들은 내용은 무엇이란 말인가?'

어디까지가 진실이고 어디까지가 거짓인지 혼란스러웠다. 진실을 알고 싶었다. 그때부터 진실에 대한 갈망으로 사회과학을 공부하기 시작했다. 도서관에서 동기들이 시험공부를 하고 있을 때 나는 사회과학을 공부했다.

그렇게 인식이 바뀌면서 모임과 집회에 참석하며 대학시절을 보냈다. 짧은 머리에 까맣게 탄 얼굴, 꼬질꼬질한 운동화, 티셔츠와 청바지 차림의 나는 결의에 찬 씩씩한 모습이었다. 역사를 발전시킨다는 사명감과 자부심으로 충만했다.

졸업을 앞둔 4학년 때는 5월과 6월을 전주시 팔달로에서 살았다. 뜨거운 아스팔트 위에서 보낸 1987년 6월 항쟁은 벅찬 감동의 시간이었다. 6 · 29 선언으로 집회가 마무리되자 고향집에 내려갔다. 평소 데모한다고 곱게 보지 않던 동네 어른들도 "고생했다. 학생들이 대단혀"라고 칭찬해주셨다. 학생운동을 하면서 처음이자 마지막으로 들었던 칭찬이었다.

대학을 졸업하고 교사 발령 전까지 전주에 남아 후배들을 이끌었다. 집회 활동과 통일대장정, 전국대학생협의회전대협 발대식에도 참여했다. 1988년 통일대장정은 큰 규모의 행진이었다. 전북에서 서울까지 걷고 때로는 대중교통을 타면서 행진했다. 전국 대학생들이 총집결해 열흘 이상 이루어진 통일대장정은 그야말로 고난의 여정이었다. 전북 순창에서 충남을 거쳐 서울 연세대학교까지 이어진 길고 긴 행진이었다.

그러나 서울에 올라와 보니 상황이 달랐다. 정부는 전대협의 서울 시내 집회를 막았다. 연세대학교에서 밖으로 나갈 수 있는 길이 차단되었다. 결국 연세대학교 뒷산을 넘어 대학로 집회에 참석했다. 대학로 집회에 참석했다가 사복경찰에게 연행되어 전경차 안에서 각목으로 죽도록 맞았다. 경찰서에서 밤새 조사받고 새벽에 훈방되었다. 그 길로 나는 고향집에 돌아와 몇 날 며칠을 앓아누웠다.

그렇게 뜨겁던 여름이 지나갈 무렵 교사 발령 통지서를 받았다. 부모님께서 얼마나 기뻐하시던지 그 모습이 지금도 눈에 선하다. 기뻐하시는 부모님 앞에서는 아무 말도 못했지만 군대 영장이라도 받은 기분이었다. 학생운동을 정리하는 것도 걱정이었고, 발령 지역도 머나먼 경남 통영이라 막막했다. 그러나 현실의 부름대로 학생운동을 정리하고, 나는 낯선 교사의 길에 들어섰다.

교사로 발령이 났을 무렵 교육계도 교육민주화 운동이 한창이었다. 자연스럽게 전국교사협의회전교협에 참여했다. 그리고 1989년 이듬해에 전교조 결성에 참여하면서 해직되었다. 교사생활 1년 만의 일이었다. 병아리 교사에서 해직 교사로 5년을 살았다. 길고도 길게 느껴진 시간이었다. 이적시하는 단체에서의 생활로 학교뿐 아니라 사회와 가족, 친척들로부터도 곱지 않은 시선을 받아야 했다. 해직 기간에 초중고 학교를 방문할 때면 교장과 교감을 비롯한 학교 관리자들에게 강제로 쫓겨나기도 했다. 참 가난하고 고달팠던 시절이었다. 그렇게 20대를 보냈다.

몸과 마음이 지칠 대로 지친 스물아홉, 견디기 힘들었던 나는 포교당에 들어갔다. 그곳에서 1년 동안 살며 전교조 일을 했다. 그해 겨울 전교조 생활을 정리하고 경남 마산시 진동면에 있던 약수암에 들어가기 전까지는 분주하게 살았다. 바닷가 근처 산언저리의 작은 암자에서 보냈던 겨울은 평온하고 자유로웠다. 오랜 떠돌이 생활을 마치고 집에 돌아온 느낌이었다. 절 생활은 닫혔던 마음을 열게 해주었다. 그렇게 암울했던 20대를 털어냈다. 스물아홉 마지막 날 20대를 보내는 기쁨에 지인들에게 자축 엽서를 보냈다. 서른이 되면 차원이 다른 삶이 펼쳐질 것이라는 부푼 마음으로 새해를 맞이했다.

나의 20대는 눈부시게 아름다운 시절이 아닌 아픔과 상처가 더 많았던 시절이었다. 20대의 10년을 운동권 학생과 해직 교사라는 꼬리표를 달고 보냈다. 그 시절에는 우리 힘으로 할 수 있는 일이 별로 없었다. 그래서 절망하기도 했다. 계란으로 바위를 치는 것 같았지만 그렇게 세상과 맞서면서 유약했던 나는 단단해졌다. 나 자신을 단련시킨 시간이었다.

어떤 이들은 나의 20대를 잃어버린 시간이라고 말한다. 물론 가족과 사회로부터 인정받지 못하고 살았던 시간이긴 하다. 물질적으로 보면 잃어버린 시간일 수도 있다. 그러나 학생운동과 해직 후의 생활은 누구나 겪는 일은 아닌 만큼 내 삶의 귀중한 경험이었다. 그 시절은 정치, 경제, 철학 공부를 통한 세계관 형성에 지대한 영향을 끼쳤던 시간이자 인간관계에서 인식의 차이가 얼마나 중요한지 몸으로 체득했던 시간이었다. 자신이 원하는 삶을 살기 위해서는 신념과 의지와 용기가 필요하다는 것을 몸으로 부딪치며 깨우친 시간이었다.

우리에게 잃어버린 시간은 없다. 단지 자신을 성장시킨 시간이 있을 뿐이다. 상실, 실패, 고통을 겪은 인간만이 그만큼 성장할 수 있다. 성장은 고통에 비례한다는 것을 20대를 통해 깨달았다.

실패하며 달려오니
비로소 보이는 것들

실패는 고통스럽다. 그러나 그 고통, 좌절감과 패배감이 새로운 길로 안내하기도 한다. 실패하면 새로운 세상이 열린다. 자신을 둘러싼 세상이 다르게 보이고, 바닥까지 추락한 상실감을 대면하게 된다. 진정한 자신을 볼 수 있는 시간이다. 계획한 일이 잘되고 성공할 때는 지나쳤던 것들이 새롭게 보인다. 내 마음도, 사람들의 마음도 비로소 보인다. 일상에서 지나쳤던 사소한 것들의 소중함을 깨닫는다. 사람들과 나누었던 마음, 미소, 말 한마디가 얼마나 소중했는지 알게 된다. 실패하면 비로소 보이는 것이다.

나는 체력이 약했다. 어릴 때 하도 잘 넘어져서 부모님은 비실이라고 부르기도 하셨다. 대학에 입학하면서 막걸리를 먹고 살이 쪄 통통해졌지만 한 해에 며칠씩은 앓아눕곤 했다. 대학 3학년 때는 여름에 혹독하게 몸살을 앓았다. 가슴 통증이 너무 심해 움직일 수가 없어서 며칠을 앓다가 결국 고향집에 내려갔다. 몸살은 내 마음속에서 부딪히는 갈등을 감당하지 못할 때 나타나는 마음의 병이었다. 유약했던 나에게 격렬했던 집회와 여러 사람을 만나는 일은 너무 버거웠다. 최루탄 터지는 데모 현장이나 사복경찰들이 두려웠지만 사회를 변화시켜야 한다는 절박한 마음으로 참여했다. 그러다가 임계점에 다다르면 견디지 못하고 몸살이 났다.

1986년, 전주교대는 학생운동의 불모지였다. 선배 한 명, 동기 한 명, 그리고 나 이렇게 세 명이 전주교대 학생운동의 싹을 틔우고 키웠다. 셋이 모이면 의견이 달라서 같은 의견을 끌어낼 때까지 많은 시간이 필요했다. 나이와 성별이 다른 두 사람과 친구가 되기는 쉽지 않았다. 그 당시 쉴 새 없이 많은 사람을 만났다. 선배, 후배, 동기들은 단지 뜻을 같이했던 동지였지 친구는 아니었다. 학생운동을 하기 전에 만났던 친구들도 가치관이 변하고 생활이 달라지니 멀어졌다. 대학 4년 동안 마음 터놓고 만날 친구가 없어서 아쉬웠다. 그 시절 친구를 사귀지 못한 것이 못내 아쉽다.

20대를 어두운 터널을 지나는 기분으로 살았다. 그래서 30대에는 안정된 생활을 하고 싶었다. 절에서 생활하면서 사람들에게 마음을 열게 되었다. 마음을 열면서 사람을 만났고, 새로운 삶을 꿈꾸었다. 그 바람이, 희망이 있었기에 아이들 아빠와 결혼했다. 그는 성실하고 어진 사람이었다. 그러나 그와 함께 몇 년을 살고 난 어느 날부터인가 나는 몸이 아프기 시작했다. 그와 함께 있으면 힘들었다. 뼈마디가 쑤시고 아픈 것이 마치 바늘로 온몸을 쑤시는 것 같았다. 어떤 때는 온몸에 힘이 빠져 거실에서 방까지 걸어갈 힘조차 없을 지경이었다.

그래도 나는 아이들을 부족함 없이 키우고 싶었기에 남편과 각방을 쓰면서 살았다. 그렇게 10여 년을 살던 어느 날 심장이 쪼그라들고 위와 장이 말려들어가듯이 아파서 몸을 펼 수가 없었다. 명상 지도자에게 물어보니 남편의 조상들이 나를 죽이려 한다고 했다. 몇백만 원씩 들여 두 번이나 천도제를 지냈다. 그러나 그때만 괜찮을 뿐, 며칠 지나면 똑같이 아팠다.

결국 우리는 이혼에 대해 심각하게 논의했다. 나는 살고 싶었고, 내 아이들을 키우고 싶었다. 이혼을 생각하면서 가장 고민했던 부분은 아이들이었다. 부모의 이혼이 아이들에게 어떤 영향을 끼치는지 알기에, 아이들에게 상처를 주고 싶지 않았기에 정말 많이 고민했다. 충격을 최소화하기 위해 아이들에게 솔직히 상황을 설명했고, 아이들은 그동안 엄마가 몸이 아파서 고생하는 것을 알고 있었기 때문에 이해해주었다.

그렇게 이혼을 했다. 이혼은 가족 모두에게 힘든 일이었다. 가족 형태의 변화와 이사로 인한 새로운 환경이 낯설게 느껴졌다. 새로운 상황을 이해하고 받아들이는 데에는 시간이 필요했다. 그와 더불어 나를 더 힘들게 한 것은 주변의 시선이었다. 이혼한 사람들을 대하는 사회의 편견 말이다. 자신의 의지와 상관없이 이혼한 사실을 감춰야 하는 이중고가 뒤따랐다. 아직까지도 우리 사회는 이혼에 대한 시선이 곱지 않다. 이혼을 엄청난 잘못이나 삶의 실패로 여기고, 이혼한 사람들을 실패자로 본다.

이혼은 인생의 실패도 지탄받아야 할 일도 아니며, 단지 더 이상 혼인관계를 유지할 수 없어서 선택한 방법일 뿐이다. 새로운 삶을 위해 선택한 하나의 방식이다. 이혼하기까지 많은 밤을 고뇌하며 지새웠을 그들의 선택을 존중해주어야 한다. 고뇌와 고통 속에서 이혼을 선택했을 그들을 그저 있는 그대로 바라보면 된다. 삶은 각자의 몫이다.

이혼 후 몇 개월 동안 가족들이 힘들어할 것 같아서 아무 말도 못했다. 그러나 그런 상황 또한 힘들어 나는 결국 솔직히 털어놓게 되었다. 어머니는 "우리 집안에 이혼한 사람이 없었는디 네가 이혼을 하다니……" 하며 한숨을 내쉬셨다. 이혼 후에도 어머니는 안방에 걸어놓은 결혼사진을 내리지 않으셨고, 부처님 오신 날이면 아이들 아빠 이름으로 연등을 다셨다.

어머니는 이혼한 딸을 부끄러워하셨고, 그런 어머니로 인해 나는 상처를 입었다. 살면서 느꼈던 사람들의 거부감과 적대감보다 더 큰 아픔이었다. 어머니는 전교조 가입으로 해직되었을 때도 이해해 주셨고, 20대 때 데모하고 다닌다고 야단치시는 아버지까지 설득한 분이었다. 해직당한 나를 보며 "넌 전생에 독립운동을 했던 사람이 었는갑다!" 라고 하셨다. 그런 어머니께서도 이혼은 받아들이기 힘들어하셨다. 그래서 이혼은 나에게 더욱 힘든 일이었다.

가족과 지인들은 나를 보고 '참 유별나다'고 말한다. 그들 눈에 나는 실패자로 보이는 듯했다. 나는 그런 세상에서 마음을 열고 만날 사람이 별로 없었고, 점점 말이 없는 사람이 되어갔다. 외롭고 힘든 시간이었다. 아이들과 생활하면서 학교생활과 공부만이 내가 할 수 있는 유일한 일이었다. 아이들 학교 때문에 살던 곳에서 몇 년을 더 지냈지만 마음을 열고 만날 수 있는 사람이 없었다.

그렇게 사는 것은 외롭고 힘들었다. 나는 비로소 사람에 대한 소중함을 깨달았으며, 마음을 열고 살아가는 것이 얼마나 중요한지 알게 되었다. 실패할 때마다 나는 고통, 상처, 상실감, 아픔을 느껴야 했다. 그러나 시간이 지나자 더 많은 것을 깨달은 나 자신을 볼 수 있었다. 무엇이 중요한지 알게 되었다. 인간관계의 실패로 사람의 소중함을 배운 것이다. 이제 사람들의 마음을 이해할 수 있다. 터널 같은 삶이 주는 지혜라는 것을 나는 이제야 깨닫고 있다. 아픈 만큼 성숙해지는 것은 결코 거짓이 아닌 것이다.

04

실패해도 괜찮아, 도전했다면!

우리는 살면서 수없이 실패한다. 그렇게 실패하고 절망하면서 우리는 살아간다. 삶은 사람들과 얽히고설키며 이어지는 파노라마다. 인생은 계속되는 시련과 역경 속에서 얻은 고뇌를 통해 점점 성장해나가는 과정의 연속이다. 그 과정에서 얻게 되는 새로운 깨달음과 성취는 단비 같은 기쁨과 환희가 된다.

이제 스물한 살이 된 딸아이와 스물다섯이 된 아들을 보면 감회가 새롭다. 딸은 교복, 머리, 가방, 양말, 안경 색까지 통제했던 70년대 풍의 여자중학교를 졸업했다. 3년 동안의 학교 통제에 진저리를 치던 딸이 고등학교를 가지 않겠다고 했다. 결국 고등학교에 입학하는 대신 검정고시 공부를 선택했다. 1년 만에 검정고시를 합격해 이듬해 서울에 있는 한 직업전문학교의 메이크업과에 입학했다. 그러나 학교를 일찍 들어가는 바람에 또래 친구가 없었다. 과 동기들이 두세 살 많은 언니들이었다. 2년 동안 다니면서 친구가 없어 힘들어했다. 메이크업 아티스트를 꿈꾸었지만 막상 학교에 가보니 생각했던 것과 다른 현실도 문제였다. 결국 졸업은 했지만 메이크업 관련업종으로는 가지 않겠다고 했다.

딸아이는 친구들이 대학을 입학할 나이에 사회에 나왔다. 새로운 경험을 하고 싶다며 부산으로 집을 옮기고 아르바이트를 찾아다녔다. 여러 가지 아르바이트를 하면서 정말 하고 싶은 일을 찾고 싶다고 했다. 그러다가 2018년 3월부터 피부 전문 한의원에서 아르바이트를 시작했다. 그러나 딸은 팀장의 급한 성격과 일명 '갑질' 때문에 스트레스가 심했다. 팀장은 처음 배우는 아르바이트생에게 호되게 굴었다. 빨리 좀 익히라고, 손이 왜 그리 느리냐고, 그렇게 느려서 사회생활을 어떻게 하겠냐고, 어디 가서 밥 먹고 살겠냐고 사사건건 트집을 잡으며 모욕감을 주었다.

딸아이는 아르바이트를 하면서 자신이 쓸모없는 사람으로 느껴져 자책감에 빠졌다. 너처럼 못하는 사람은 처음 봤다는 둥 그런 실력으로 무슨 일을 하겠냐는 등 사람 자존심을 짓밟는 그런 말을 들으면 누구라도 딸아이 같은 생각이 들 것이다. 처음에는 기분이 나쁜 정도였는데 반복되는 팀장의 말에 자기혐오까지 느껴지고, 일하러 가는 시간이 되면 식은땀까지 났다. 처음에는 힘들어도 참고 버텼지만 나중에는 자신이 정말 아무 가치도 없는 사람이 된 것 같아서 죽고 싶어졌다고 한다. 부모님을 실망시키고 싶지 않아서 말도 못했다는 얘기에 마음이 아팠다.

딸은 결국 아르바이트를 그만두었다. 그러나 처음 사회에서 겪었던 충격은 쉽게 사라지지 않았다. 실제로 아르바이트생이 자살한 사건이 있었다. 딸의 경우처럼 시급을 받는 아르바이트생마저 성과를 못 낸다고 몰아붙이는 우리 사회의 현실이 안타깝다.

처음 시작은 누구나 서툴고 어설프다. 한 사람이 일을 배우고 익숙해지기까지 적게는 3개월에서 많게는 6개월이 필요하다. 그것조차 기다려주지 못하고 조급증을 내는 대한민국의 단면은 슬프기까지 하다. 모든 것의 기준이 능률과 성과 중심이고, 사람을 일하는 기계로 대한다. 기다려주지 않고, 배움의 시간마저 허용하지 않는다. 이런 사회에서 딸에게 첫 아르바이트 경험은 고통과 두려움 그 자체였다.

딸은 상대의 요구를 거절하고 맞서 싸우기를 힘들어한다. 수용적인 성격인 데다가 온순한 초식동물형이기 때문이다. 적자생존 법칙의 정글 같은 현대 사회에서 살아남기 위해 필요한 요구와 거절의 힘이 딸아이에게는 부족하다. 공격성이 0%에 가까워 전쟁터 같은 이 사회에서 살아가기가 여간 버거운 게 아니다. 부푼 꿈으로 시작했던 아르바이트는 그렇게 끝이 났다. 나는 사회에 대한 두려움으로 의기소침해 있는 딸에게 이렇게 말해주었다.

"괜찮아. 그건 네 잘못도 아니고, 실패도 아니야. 우리 사회의 심각한 문제일 뿐이야. 사람을 중요하게 생각하지 않는 이 문화가 바뀌어야 할 문제이지."

딸에게는 자신이 선택했던 검정고시도, 직업전문학교의 메이크업과에 진학한 것도, 서울과 부산이라는 낯선 곳에서 살았던 시간도 모두 삶을 배우는 과정이었다. 지금은 실패라고 생각될지라도 결코 실패가 아니다. 오히려 성장의 자양분으로 작용할 것이다. 딸은 꿈꾸는 애벌레다. 따뜻한 봄날이 되면 나비가 되어 하늘을 날 것이다.

아들은 어릴 때부터 궁금한 게 많던 아이였다. 말을 시작하면서부터 끊임없이 질문을 했다. 한해 한해 성장하면서 질문의 수준도 점차 높아졌다. 어디를 가든 질문이 계속되었다. 여행을 할 때면 질문은 더 많아졌다. 차로 이동하는 시간 내내 쏟아지는 질문에 답하느라 나는 곤욕을 치렀다. 그래서 나와 아이들 아빠는 "여행이 아니라 고행이다"라고 농담을 하곤 했다. 아들의 앎에 대한 열망은 커가면서도 변함이 없었다. 스스로 정보를 검색할 수 있게 되자 책을 끼고 살았다. 돌아가신 할아버지는 대견해하시며 '만물박사'라는 별명을 지어주셨다.

아들은 궁금한 만큼 한글을 일찍 깨우쳤다. 책도 많이 읽었다. 책을 좋아하고 글쓰기를 좋아하던 아들은 논술로 대학에 입학하겠노라고 했다. 수능이 끝나자마자 서울에 있는 유명 논술 학원에 등록했다. 몇 개 학교에 지원해서 논술 시험을 치렀지만 안타깝게도 떨어졌다. 결국 재수를 해서 서울에 있는 한 대학의 상경 계열에 입학했다. 그러나 가고 싶었던 학교에 대한 미련을 버리지 못했다. 후회 없이 도전해보고 싶다며 1학기를 마치고 휴학한 후 반년 재수를 했다. 수능을 보고 난 뒤 몇 개 학교에서 논술 시험을 치렀지만 뜻을 이루지 못했다. 아들은 아쉬워했지만 더 이상 수능에 매달리지 않았다. 수능을 보는 것은 제자리걸음을 하는 것 같다며 다시 학교로 돌아왔다.

아들은 논술을 공부했던 시간과 재수했던 시간을 실패라고 생각했다. 논술로 대학을 가겠다며 공들인 고등학교 3년 동안의 시간과 돈을 아까워했다. 나는 이렇게 아들을 위로했다.

"아들, 괜찮아. 논술 공부한 시간을 아까워하지 마. 나중에 도움이 될 거야. 언젠가 그때 잘해놨다고 생각하는 날이 올 거야."

그렇다. 무엇이든 도전했다면 괜찮다. 더 많은 것에 도전하고 경험하면서 실패도 해보고 성공도 해봐야 자신이 진정 원하는 것을 찾을 수 있다. 아이들은 수만 번 흔들리며 자란다. 실패하면서 새로운 것을 경험하고 배우면서 자란다. 도전과 실패를 통해 배우고 성장한다. 그렇게 불안과 초조와 성취감 속에서 수없이 흔들리며 어른이 된다. 바람에 흔들리지 않고 피어난 꽃이 어디 있으랴. 모두가 그렇게 역경을 딛고 성장한다.

역경을 딛고 일어선 사람은 우리 주변에도 무수히 많다. 잘나가던 운동선수가 부상을 입어 절망했다가 다시 일어선 이야기, 늦깎이로 공부해 성공한 사람들, 고난을 이겨내고 다시 시작한 청년 창업자들에 대한 이야기들은 우리에게 깊은 감명을 준다. 이렇게 도전과 실패를 통해 성공에 이른 사람들은 의외로 많다.

포먼 그릴로 더 잘 알려진 사업가 조지 포먼은 미국의 전설적인 권투선수였다. 그는 현역 시절 올림픽 금메달리스트이자 세계 챔피언이었지만, 무하마드 알리에게 패하고 무명 선수에게 패한 뒤 은퇴했다. 알리와의 경기 후 탈의실에서 심장마비의 위기를 겪고 종교적 체험을 한 그는 목사가 되었다. 청소년 센터를 건립하기 위해 남은 재산을 다 내놓은 후, 40세의 목회자로 다시 권투계에 복귀했다.

그는 40세에 복귀하여 48세에 은퇴하기까지 운동선수로는 노인과 다름없는 나이에도 노익장을 과시하며 다시 한 번 세계 챔피언에 등극했다. 은퇴 후 그는 사업가, 강연자, 목회자의 길을 걸었다. 그의 인생은 권투선수, 개신교 목사, 사업가, 강연가 등 도전으로 가득한 삶이었다. 그의 삶을 실패와 성공이라는 이분법으로 보기에 앞서 그가 진정 무엇을 위해 그렇게 살았는지 생각해볼 필요가 있다. 그는 미지를 알아가는 삶을 살았다.

마음이 이끄는 대로 살아가는 이들은 용감한 사람들이다. 그런 끌림에 따라 도전하고 새로운 지혜를 얻었다면 실패해도 괜찮다. 삶은 미지를 경험하며 지혜를 얻어가는 과정이다. 인생은 긴 마라톤과 같다. 마음이 끌리는 대로 가보면 그 이유를 알 수 있다. 무모한 도전으로 생각되더라도 진정 원한다면 그 길을 가보고 도전하라. 그 길이 당신을 새로운 앎으로 인도할 것이다.

여러 가지 이유로 시도하지 못했던 일을 시작해보라. 두려움과 설렘이 함께 느껴지는 일이라면 도전하라. 하고 싶었던 일을 향해 한 발을 내미는 순간 알게 된다. 그 도전이 의미하는 것을, 어떤 결과보다 도전이 주는 의미가 크다는 것을.

실패해도 괜찮다. 도전했다면 분명 그 경험은 가슴에 무엇인가를 남긴다. 마음이 가는 대로 해보라. 모든 경험은 성장의 발판이다. 마음이 시키는 대로 자신을 던져보라.

Just do it!

05

어떠한 경우라도
경험은 남는다

"인간이 품성을 지닌 유일한 동물이 아니라는 것, 합리적 사고와 문제 해결을 할 줄 아는 유일한 동물이 아니라는 것, 기쁨과 슬픔과 절망을 경험할 수 있는 유일한 동물이 아니라는 것, 그리고 무엇보다도 고통을 아는 유일한 동물이 아니라는 것을 받아들인다면, 우리는 덜 오만해질 수 있다."

제인 구달의 말이다. 그녀는 동물학자이자 침팬지 연구가, 환경운동가로 동물도 지성과 감성이 있다는 것을 처음 밝혀낸 인물이다. 그녀는 스물여섯 나이에 아프리카 야생 침팬지 보호구역으로 들어

가서 10여 년 동안 침팬지의 행동을 연구했다. 어린 시절 꿈을 찾아 아프리카 정글로 들어가기까지 그녀는 많은 난관에 부딪쳤다. 더구나 침팬지에 대한 연구로 성과를 인정받기까지는 수많은 어려움을 겪었다. 그녀는 대학을 졸업한 전공자도 아니었으며, 연구를 위해 아프리카에 갈 돈조차 없었다. 돈을 모으기 위해 식당에서 일하던 어느 날 후원자를 만나 지원금을 받을 수 있었다. 그러나 여성 혼자 갈 수 없다는 말에 어머니가 동행한다는 조건으로 마침내 아프리카 야생 침팬지 보호구역으로 떠날 수 있었다.

그녀는 1960년 루이스 리키가 이끄는 탄자니아 곰베 지역의 침팬지 연구팀에 합류했다. 그렇게 연구를 시작한 그녀는 어느 여름날 풀줄기를 흰개미 굴에 집어넣어 흰개미를 사냥하는 야생 침팬지를 보게 되었다. 침팬지가 풀줄기의 잎을 떼고 사용한다는 사실을 알고 난 후 몇 년의 연구 끝에 그녀는 침팬지가 연장을 만들고 사용하는 모습을 사진에 담았다. 그녀는 침팬지가 도구를 사용할 줄 알고, 의사소통을 하며, 감정을 경험하는 존재임을 연구해 발표했다.

그녀의 연구는 처음에는 인정받지 못했다. 당시 학계는 동물이 지성과 감성을 갖고 있다는 것을 인정하지 않았다. 더욱이 당시에는 대학 학위도 없는 비전공자였던 젊은 여성의 연구는 주류 학계에서 쉽게 받아들여지지 않았다. 그러나 그녀는 어린 시절 개와 나누었던 교감을 떠올리며 포기하지 않았다. 어린 시절 가슴에 하얀 반점이 있던 개 러스티를 키우면서 동물에게 지성과 감성이 있다는 확신을 얻었기 때문이다. 그때의 교감으로 그녀는 동물을 연구하는 꿈을 꾸게 되었고, 그 열망이 그녀를 동물학자로 성장하게 했다. 그리고 신념을 갖고 침팬지 연구에 몰두한 결과, 인간만이 지성과 감성을 지녔다는 오랜 편견을 깰 수 있었다. 그 후 그녀는 세계를 돌며 동물에 대한 편견을 깨고 생명에 대한 사랑을 전파하는 환경운동가로 활동했다.

이 제인 구달의 사례는 어린 시절의 경험이 삶에 미치는 영향을 제대로 보여준다. 어떤 경우라도 경험은 오롯이 남는다. 살면서 경험하며 배운 것들은 무의식에 저장된다. 그리고 필요한 때가 되면 무의식에 잠재되어 있던 기억이 도움을 준다. 보고 들었던 오래된 기억은 느낌으로 되살아나서 새로운 앎과 연결된다.

나는 전라북도 정읍시 신태인에 있는 작은 시골 마을에서 태어나 목수인 아버지와 농사짓는 어머니를 보며 자랐다. 원불교 신자였던 어머니는 4남매를 앉혀놓고 옛 성현의 이야기를 들려주셨다. 어머니 앞에 옹기종기 모여 앉아 들었던 이야기들은 내 가치관 형성에 많은 영향을 끼쳤다.

아버지는 6남매 중 막내였는데, 생각이 자유롭고 유머 감각이 뛰어난 분이었다. 다정다감하셨지만 물건이 제자리에 놓여 있지 않으면 야단을 치셨다. 목수였던 아버지의 연장인 자, 먹줄, 대패, 여러 가지 톱 등은 어린 나에게 마냥 신기하기만 했다. 그래서 창고에 있던 그 연장들을 만지고 놀다가 아무데나 놔두곤 했는데, 그럴 때면 어김없이 아버지께 혼이 났다. 자라면서 연장들을 가지고 일하시는 아버지를 보며 톱질도 해보고 못도 박아보았다. 그때 해봤던 기억들은 수업 시간이나 집안일에 도움이 되곤 한다. 못질을 하거나 나무를 자를 때 옛 기억을 더듬으면 서툴지만 해낼 수 있다. 경험은 이렇듯 살아가는 데 자산이 된다.

학교 수업 중에 텃밭 가꾸기가 있다. 텃밭에 고랑을 내고 여러 가지 씨를 뿌려 모종을 가꾸는 환경생태 교육을 한다. 씨를 뿌리고 모종을 심어놓으면 햇빛을 받고 바람과 비를 맞으며 자란다. 자연의 경이로움을 배우는 시간이다. 어린 시절 농사짓던 어머니 덕분에 아이들과 함께하는 텃밭 가꾸기 수업을 쉽게 할 수 있었다.

자라면서 보고 들었던 경험은 필요한 상황이 되면 어렴풋이 기억으로 되살아나 항상 도움을 주었다. 시골에서 자란 아이들이 도시 아이들보다 자연을 잘 아는 이유다. 보는 것만으로도 교육이 되기 때문이다. 이처럼 자라면서 보고 들은 모든 경험은 언젠가 필요할 때 반드시 도움이 된다.

　사람이 지닌 가치관과 세계관은 세상을 바라보는 기준이 된다. 어린 시절 부모님의 가르침과 학교나 사회의 예절, 규범들이 의식의 바탕이 되어 삶을 이끌어주는 역할을 한다. 자신 안에서 뿌리내린 생각의 나침반이라고 할 수 있다. 어머니께서는 내게 원불교의 가르침과 기본예절을 수없이 말씀하셨다. 특히 살생하지 말고, 남의 것을 훔치지 말고, 거짓말하지 말고, 남을 흉보지 말라는 등의 준칙을 몸으로 체득하게 하셨다. 욕하는 것이나 살생은 금물이었고, 남의 수수 모가지라도 꺾어 오면 바로 갖다 주라고 야단치셨다. 아버지께서도 사람은 솔직해야 하고, 남에게 비굴하게 굴지 말라고 강조하셨다.

　이렇게 자라면서 듣고 배운 것들은 알게 모르게 내 안에 스며들어 사고의 밑바탕이 되었다. 그 밑바탕이 가치관을 형성하고, 살면서 경험했던 것들이 삶의 기준이 되었다. 그 가치관과 기준이 살아가는 데 많은 영향을 주었다. 어떠한 경우에도 경험은 남는다. 경험과 지식이 통합되어 지혜가 된다. 우리가 성장해가는 과정이다.

06

실패의 온도가 높을수록
강해진다

　어린 시절 집에서 콩나물을 길렀다. 지푸라기를 깐 시루에 불린 콩을 넣고 검은 천을 씌워놓은 후 생각날 때마다 물을 주면 콩나물은 하루가 다르게 자랐다. 그래서 콩나물에 물을 주는 일이 재미났다. 물 한 종지를 주면 이내 흘러내렸지만 콩나물은 쑥쑥 자랐다. 먹을 게 흔치 않았던 겨울 동안 콩나물은 요긴한 반찬거리였다. 한 움큼을 뽑아 국도 끓여 먹고 콩나물밥을 해먹기도 했다.

　처음 교단에 섰을 때, 선배 교사들은 아이들을 콩나물에 비교하곤 했다. 가르치는 동안에는 남는 게 없어 보이는데, 1년이 지나 한 학년 올라가면 아이들이 쑥쑥 성장한 것을 알 수 있다고 했다. 1980년대 후반만 해도 교육의 주체는 정부와 교사였다. 교육에 대한 관점이 시루 안에 콩나물 기르는 것과 같았다.

그러나 교육의 본질은 물고기를 잡아주는 것이 아니라 물고기 잡는 방법을 가르쳐주는 데 있다. 학생들은 시루 안의 콩나물이 아니라 자연에서 콩으로 자라야 한다. 교육에 대해 '시루 안의 콩나물 vs. 밭의 콩'과 '물고기를 잡아주는 것 vs. 물고기 잡는 법을 가르쳐주는 것'으로 맞서기도 한다. 그 당시 교육을 어떻게 볼 것인지에 대해 많은 토론을 했다. 교육 주체를 교사, 학생, 학부모로 보기 시작했다. 교육 변화를 꿈꾸었던 교사들은 1989년 5월 27일 전국교직원노동조합을 창립했다.

1988년 9월 통영에 있는 학교로 처음 발령을 받았다. 그곳은 통영 시내에서 완행버스를 타고 덜컹거리는 비포장도로를 30분쯤 가면 나오는 바닷가에 있는 6학급의 작은 학교로, 전형적인 어촌 학교였다. 도착하니 까무잡잡한 아이들과 인상 좋은 주사님 두 분, 그리고 선생님들이 반갑게 맞아주셨다.

학교에는 작은 배가 있었다. 발령받던 9월 첫째 주 수요일에 직원 체육회로 바다낚시를 갔다. 작은 배는 넘실대는 바닷물에 끊임없이 출렁거렸다. 낚시를 해서 바로 회를 떠 먹는 모습은 생경했다.

낚시를 한 번도 안 해보고 자랐기에 낚시도 그렇고, 팔딱거리는 물고기를 바로 회를 떠서 먹는 것도 생소했다. 출렁이는 바다에서 작은 배를 타니 멀미가 절로 났다.

그렇게 사람들과 어울리며 나는 어촌 학교에서 적응해나갔다. 학교생활은 새롭고 재미있었다. 이듬해 3학년을 맡아 아이들과 학교 뒷산에 올라 진달래꽃도 따고, 개구리알도 채집하며 교사로 초년생활을 보냈다. 즐겁던 학교생활도 봄이 지날 무렵 끝나갔다.

5월 초, 어느 일요일 통영지역 선생님 몇 분과 전교조 결성을 위한 경남지역 발대식에 참여했다. 그날 학교 교직원들과 학부모들이 마산까지 와서 내가 선발대로 활동하는 모습을 지켜보았다. 그다음 날부터 그들은 나를 더 이상 교사로 대하지 않았다. 불온 세력으로 규정했다. 그때부터 학교생활은 고통의 나날이었다.

5월 27일 전교조 결성식에 참석하기 위해 고속버스를 탔지만 통영 입구 검문소에서 영문도 모른 채 경찰에 연행되었다. 경찰서에서 조사를 받을 때 비로소 학교장이 고발했다는 것을 알았다. 1박 2일 동안 나는 경찰서와 집에 연금되었다. 본격적인 고통은 월요일에 출근하면서부터 시작되었다. 학부모들은 모욕감을 주고 동료 교사들은 나를 왕따시켰다. 교무를 맡던 분은 교실까지 따라다니면서 감시했고, 학부모들은 교육청에 집단 항의를 했다. 학부모 중 50여명은 교실에 몰려와 "전라도 빨갱이 선생에게 아이들을 맡길 수 없다. 당장 해직시켜라!" 하며 윽박지르기까지 했다. 그러고는 교육청에 세 번이나 항의방문을 했다.

어디 그뿐인가. 이에 관한 기사가 경남의 지역신문에 세 번이나 실렸다. 그러자 교육청 장학사는 매일같이 전교조 탈퇴를 강요했다. 나중에는 부모님과 고 3 때 담임, 학교 선배에게까지 전화해서 설득을 시도했다. 나는 이 과정에서 많은 상처를 입었다. 그 당시 내가 할 수 있는 일은 아무것도 없었고, 사람에 대한 믿음은 와르르 무너졌다. 스물다섯의 나이에 감당하기에는 너무 힘든 일이었다. 해직 기간 내내 사람들에 대해 생각했다. 자유와 사랑에 대해 고민하며 많은 날들을 보냈다. 상처가 아물기까지는 상당한 시간이 필요했다.

5년은 긴 시간이었다. 해직 과정에서 관리자와 동료 교사, 학부모들이 보여준 이해할 수 없는 행동들을 생각하기에 충분히 긴 시간이었다. 절대 용서할 수 없을 것 같았던 사건과 그 사건이 안겨준 고통, 아픈 상처들이 시간이 지나면서 점차 잊히기 시작했다. 그들과 그 상황들이 조금씩 이해되기 시작했다. 그것은 개인의 문제가 아니라 사회의 문제였다. 그들 또한 나와 같은 피해자였다. 불이익을 당하지 않기 위해 그렇게 행동했을 뿐이었다. 해직 후의 생활은 경제적 빈곤을 빼고는 괜찮았다. 노동 단체나 지역사회 단체와 교류하면서 다양한 경험을 했다. 해직 후의 생활은 내 인생에서 가장 뜨겁고도 차가웠던 시절이었다. 격렬했던 만큼 많은 에피소드가 있었고, 고뇌한 만큼 많은 것을 깨달았다.

실패는 실패를 바라보는 기준에 따라 달라진다. 인간관계, 돈, 명예 등 수많은 기준 가운데 무엇을 중심에 두느냐에 따라 달라진다. 각자의 기준에 따라 성공과 실패를 바라보는 것 또한 달라진다. 실패가 크면 큰 만큼 위험이나 상처, 고통도 커진다. 우리가 실패하는데에는 여러 가지 이유가 있다. 목표를 잘못 잡았거나, 정보에 어두웠거나, 때를 잘못 만났을 수도 있다. 이외에도 많은 이유들이 있을 것이다.

인생은 미지를 탐험하는 여정이다. 탐험을 하다보면 한 치 앞도 볼 수 없는 안개를 뚫고 앞으로 나아가야 할 때도 있다. 때로는 도중에 폭풍과 같은 거대한 저항들을 만나기도 한다. 이렇게 수많은 시련과 고통을 뚫고 나아갈 때마다 우리는 '지혜'라는 열매를 얻는다. 크고 작은 경험이 인생의 마디를 만들어 성장한다. 죽순이 대나무로 자라기 위해 마디를 굳히며 자라듯, 우리 인생도 크고 작은 굴곡이 지혜라는 마디를 만들며 성장해간다.

소신껏 살았던 인생은
힘세다

나의 어머니는 여든두 살이시다. 아버지가 계셨지만 거의 혼자 힘으로 농사를 지으며 4남매를 키우느라 고생을 많이 하셨다. 눈이 크고 푸근한 인상의 어머니는 성격도 유하고 인자하셨다. 그래서 우리는 어머니가 고집이 없는 줄 알았다. 요즘 들어서야 비로소 어머니가 누구도 꺾을 수 없는 황소고집이라는 것을 알았다. 어머니는 평생 원불교를 믿으셨다. 아무리 추운 날에도 마당에 서서 기도하던 분이었다. 어머니는 평생을 자신의 생각대로 산 분이었다.

초등학교 때의 일이다. 어느 해 여름, 동네 아이 하나가 왕벌에 쏘

여 죽었다. 아무도 죽은 아이 가까이에 가지 않으려 했다. 죽음에 대한 공포 때문이었다. 동네 사람들은 죽은 아이 엄마에게 아이를 집에 데려가라고 재촉했다. 보다 못한 어머니가 죽은 아이를 등에 업었다. 아무것도 모르던 나는 어머니 옆을 졸졸 따라갔다. 축 처진 아이의 손을 잡아보았다. 부드러웠다. 죽었다기보다는 잠자고 있는 것 같았다. 그날 나는 죽음을 처음 경험했다. 산에서 죽은 아이 집까지 20여 분가량을 걸었다. 어머니는 아이를 방에 눕히고 조용히 나왔다. 그런 어머니를 독하다고 하는 사람들도 있었다. 그러나 나에게는 위대해 보였다.

가끔 어머니에게 눈에 티를 빼달라고 찾아오는 동네 사람들이 있었다. 어머니는 입을 깨끗이 씻어내고 혀로 티를 빼주었다. 그럴 때마다 아버지는 "시방 뭐하는가? 그 집 식구들도 걱정스러워서 안 하는 것을 뭐 하러 해주는가?"라며 불만이셨다. 그래도 어머니는 줄곧 해주셨다. 그런 어머니의 모습은 내 삶에 큰 영향을 주었다.

어머니는 담대한 분이다. 27년 전 아들을 사고로 잃었다. 내 아래 남동생이었다. 그 슬픔을 잊기 위해 쉬지 않고 일하셨다. 그래서 허리가 굽고 다리도 망가지셨다. 3년 전 왼쪽 다리에 인공관절을 넣는 수술을 받으셨다. 담당 의사는 앞으로 일하면 큰일 난다고 당부했다. 그러나 낡은 유모차에 의지하며 고추, 들깨, 콩, 배추 농사를 지으신다. 자식들이 일하지 말라고 하면 알았다고 대답만 하실 뿐 또 하신다. 봄이면 파김치, 열무김치 담가 주시고, 가을이면 고구마, 콩, 참기름, 들기름, 고춧가루를 자식들과 친척들에게 나눠 주신다. 겨울이면 김장김치를 여기저기 택배로 보내신다. 어머니 마음에는 걸리는 사람이 많은 것 같다. 멀리 있는 조카들과 홀몸이 되신 이모부까지 챙기신다. 이런 어머니를 보면서 자식들은 한숨을 쉰다. 하지만 어쩌겠는가. 땀 흘려 농사지어 나눠 주는 것이 살아가는 기쁨인 것을 누가 말릴 수 있겠는가.

우리 집은 언제나 가난했다. 어머니는 외갓집에서 사준 작은 논과 얼마 안 되는 밭, 그리고 버려둔 자투리땅까지 개간해서 농사를 지으셨다. 그렇게 당신 힘으로 농사짓고 평생을 살아오셨다. 이렇게 살아오신 분들은 황소고집인 경우가 많다. 자신의 생각대로 살아왔기에 고집이 세다. 그분들의 기준으로 보면 그렇게 사는 것이 당연하다. 단지 다른 사람들의 눈에 황소고집으로 보일 뿐이다.

친정 식구들은 내가 살아가는 모습을 이해하지 못한다. 가끔 남들처럼 살라고 말하곤 한다. 내가 "도대체 남들이란 누구를 말하는 거야?" 하고 물으면 "그냥 남들처럼 보통으로 살라고!" 라고 말한다.

가족들은 학생운동, 해직, 절 생활과 명상 공부, 이혼에 이르기까지 남들과 조금 다르게 사는 나를 보며 답답해했다. 그 마음 십분 이해한다. 그러나 이 세상에 똑같이 살아가는 사람은 없다. 겉으로는 비슷해 보이지만 조금만 깊게 들어가면 모두가 다른 삶을 살고 있다.

"누구도 남들처럼 살지 않는다. 각자 자신의 삶을 살 뿐이다."

가끔 사람들은 나에게 고집이 너무 세다고 말한다. 나도 그 점은 인정한다. 그러나 내 생각대로 살기 위해서는 고집이 세질 수밖에 없다. 누구나 자신의 생각대로 살아가지 않는가. 자신의 기준에 맞춰 살아가기 위해 고집이 센 것은 당연하다. 누구도 남의 인생을 대신 살아주지 못한다. 오직 자신만이 스스로 인생을 책임지기 때문이다.

나이 든 어른들은 대부분 고집이 세다. 자식들은 그런 부모님을 이해하기가 힘들다. 그러나 평생 자신의 생각대로 판단하고 살아왔으니 고집대로 하는 게 당연하다. 나이가 들었어도 남의 말대로 하고 싶지 않은 게 당연하다. 그래서 몸이 불편하고 혼자 외로울지라도 어머니는 시골집을 지키며 사시는 것이다.

"인간은 자신이 자아를 실현하고, 자기 자신이 됨으로써 자유를 획득할 수 있다."

에리히 프롬의 말이다. 프롬은《나는 왜 무기력을 되풀이하는가》라는 저서에서 이렇게 말한다.

"당신이 무기력한 이유는 남이 바라는 나로 살고 있기 때문이다. 자발성과 개성을 포기하면 삶은 좌절된다. 진짜 삶을 산다는 것은 매일 새롭게 태어날 준비를 하는 것이다. 태어날 준비 - 모든 안전과 착각을 포기할 준비 - 는 용기와 믿음을 필요로 한다. 안전을 포기할 용기, 타인과 달라지겠다는 용기, 고립을 참고 견디겠다는 용기다."

그는 남이 바라는 내가 아닌 나 자신이 바라는 삶을 살아야 한다고 강조하고 있다.

나는 울퉁불퉁한 비포장도로를 달리듯 살았다. 때로는 새로운 경험을 통해 앎을 얻어 기뻐하고, 때로는 롤러코스터를 타는 것과 같은 여정에 정신을 차리기 힘들었다. 어두운 터널을 뚫고 지나온

20대는 폭풍 속을 달린 거친 시간들이었다. 그 10년은 일생 동안 가장 많은 고통과 시련을 겪은 치열한 시간이었다. 동시에 경험의 농도가 매우 진했던 시간이기도 했다. 일생 동안 가장 많은 사건을 겪었고 가장 많은 사람들을 만났다. 그 속에서 부딪치며 많은 것들을 느끼고 배웠다. 그 길을 선택했기에 가능했던 경험이었다.

30~40대는 진리와 자유를 찾아 살아왔던 여정이었다. 어떻게 살아야 내 삶의 주인이 되는지 답을 찾을 수 있었다. 힘들고 고통스럽던 시간을 통해 '나는 내 운명의 창조주'라는 깨달음을 얻었다. 남은 여정 또한 진리와 자유를 찾아 살아갈 것이다. 앞으로 내 삶이 어떻게 펼쳐질지 궁금하다. 그 길에서 만날 다양하고 많은 경험이 기대된다. 그래서 나는 오늘도 미지를 향해 출발한다.

08

실패가 아니다, 성장 자본이다

나의 20대는 동경했던 이상과 현실의 괴리에서 고민했던 날들이었다. 풋풋한 청춘을 즐기기에는 1980년대 우리 사회는 정의롭지 못하고 암울했다. 나는 그 시대의 아픔을 외면할 수 없었다. 연애도 취미활동도 사치로 여겨졌다.

격동의 1987년, 나는 졸업을 앞둔 4학년이었다. 그해 봄부터 박종철 열사 물고문 규탄 대회와 이한열 열사의 죽음에 대한 분노로 시국이 들끓었다. 졸업이 문제가 아니었다. 졸업을 포기하더라도 반드시 사회를 바꿔야 한다는 열망으로 매일 집회에 참석했다.

대학생활은 시대의 아픔을 외면할 수 없는 고뇌의 시간이었다. 선배, 친구, 후배들과 함께 거리에서, 막걸리 집에서 시대를 논했다. 아무것도 모르던 1학년 가을, 선배들을 따라 처음으로 5·18 망월동 묘지에 갔다. 집회에도 따라다녔다. 가장 기억에 남는 것은 2학년 때 부처님 오신 날 전야제다. 대불련 문화부 선배들과 시가행진을 했을 때 꽹과리를 치며 몇 시간을 뛰었다. 그 외에도 여름 농촌 봉사 활동, 겨울에 갔던 지리산 MT, 해인사 1,600년 대회, 속리산 겨울 수련회 등을 대불련 선배들과 함께했다. 대불련 생활과 민주화 운동을 하면서 경험했던 모든 것은 강의실에서는 배울 수 없는 공부였다. 뜨겁게 들끓던 집회 현장에서 나는 삶에 대한 열정과 사랑을 배웠고, 어떻게 살아야 하는지 삶의 기준을 세울 수 있었다.

내 인생 2막은 교사생활 후 1년 만의 해직에서 시작되었다. 그 5년을 경제적 궁핍 속에서 살았다. 선배의 결혼식에 제대로 된 옷도, 부조할 돈도 없어서 참석하지 못했다. 동기들 모임이나 가족 모임에도 참석하지 못했다. 내 경제적인 상황을 가족과 친구들에게 말할 수가 없었다. 가족들은 도와줄 여력도 없었지만, 내 선택에 대한 평가를 듣고 싶지 않았기 때문이다.

당시 내 수입은 현직 교사들의 후원금에서 떼어 활동비로 주었던 10만 원이 조금 넘는 돈이 전부였다. 그 시절의 오전 일과는 아침에 지회 사무실에 출근하고 나면 학교를 방문해 선생님들에게 전교조의 선전지를 돌리고 다시 지회 사무실에 돌아와 점심을 같이 해먹는 일이었다. 그리고 오후에는 시내에 나가 시민들에게 전교조 선전지를 돌리고, 밤에는 퇴근하고 온 현직 선생님들과 학교 이야기를 했다. 해직 5년 중 3년은 전교조 통영지회에서, 2년은 경남지부가 있는 마산에서 살았다. 통영은 발령동기 모임도 있고, 대학동기 모임도 있어서 외롭지 않았다. 지금은 경상대 수산대학교가 된 통영수산전문대학의 '놀이패 새터' 친구들과 함께 공연을 끝내고 모래사장에서 밤새 술 마시고 노래했던 추억들은 잊을 수가 없다.

5년간 해직 교사로 살아온 생활은 경제적으로는 궁핍했지만 많은 사람을 만나고 많은 것을 경험하며 깨달음을 얻은 기회의 시간이었다. 학교에서는 할 수 없는 경험들이었다. 약 1년 정도의 사회생활이 전부였던 나에게 그 경험들은 엄청난 것이었다. 날마다 사람을 만나고 새로운 생각을 한 그 시간은 경험의 황금기였다. 신념을 지키며 살아가는 사람들과 함께했던 소중한 시간이었고, 그들이 보여주었던 숭고한 정신과 사랑은 20대에 내가 배울 수 있는 최고의 가르침이었다.

동양의 대표적인 철학자 공자는 우리에게 실패가 성장 자본임을 보여준 전형적인 인물이다. 공자는 하급 무사의 자식으로 태어나 일찍이 부모를 여읜 불우한 환경에서도 인격을 완성해낸 유가의 전설적인 철학자다. 학문에 뜻을 두고 평생을 치열하게 살았기에 중국의 성자로까지 추앙받고 있지만, 그의 삶은 고달팠고 실패와 실패를 거듭했다. 공자는 혼란스러웠던 춘추전국시대에 자신의 뜻을 펼치고자 14년 동안 중국 전역을 떠돌아다녔다. 그러나 자신의 뜻을 알아주는 군주를 만나지 못해 당대에는 그 꿈을 이루지 못했다. 그럼에도 그가 꿈꾸었던 새로운 이상형 '군자'는 후대에 큰 영향을 끼쳤다. 삶의 의미를 배움에 두었던 공자는 자신의 이상을 펼치는 일에는 실패했지만 그가 세우고자 했던 가르침은 실패하지 않았다.

우리는 수없이 넘어지고 일어나면서 성장한다. 그것이 우리의 가치관과 삶의 방식이 형성되는 과정이다. 사회에서 말하는 성공과 실패에 대한 기준은 지배문화의 기준이다. 그 기준이 문화라는 이름으로 가정, 또래집단, 학교, 사회와 도덕, 법으로 우리의 의식을 형성하는 데 영향을 끼치고 그것을 지배한다. 성공과 실패라는 기준은 누구의 기준인가? 나도 당신도 아니다. 지배집단에 의해 만들어진 도그마다. 천 명의 사람이 있으면 천 개의 철학이 있듯이, 각자가 생각하는 기준은 달라야 한다.

　그러나 사회는 그것을 몇 개의 기준으로 평가한다. 나와 너의 다름은 생각이 다르기 때문이다. 생각의 주파수에 따라 살아가는 모습도 달라진다. 외모의 차이만큼이나 좋아하는 음식, 색깔, 취미도 다르다. 그렇듯 각자가 원하는 삶도 다름이 당연함에도 불구하고 이를 인정하지 않는 것에서 불행이 시작된다. 모든 사람이 원하는 것이 다른 이유는 삶의 지향점이 다르기 때문이다. 그런데도 우리 사회는 다름을 인정하지 않는다. 이러다 보니 개개인의 개성과 가치는 무시되고 오로지 성공과 실패의 기준을 돈, 직업, 학벌, 지위와 같이 겉으로 드러나는 성과와 결과물에 두는 것이다.

　나를 판단하는 것은 나의 기준이어야 한다. 나를 평가할 수 있는 것은 오직 나 자신뿐이다. 삶의 기준은 원하는 것, 삶의 지향점에 따라 달라진다. 엄밀하게 보면 삶에서 실패는 없다. 단지 성장의 과정이 있을 뿐이다. 그러니 이제 더 이상 자신의 삶을 남에게 맡기지 마라. 당신 삶의 주인은 당신 자신이다. 성공과 실패의 기준 또한 자신만의 기준을 가져야 한다.

3장

인생의 밀도를
결정하는 것들

인생의 밀도를 결정하는 것들

위기:
위기 속에 기회가 있다

바람에 흔들리지 않고 크는 나무는 없다. 수많은 위기 속에서 피어난 꽃이 향기가 진하다. 거센 바람과 비를 동반한 태풍은 위기감을 주기도 하지만 지구를 정화하기도 한다. 즉, 위기는 기회인 것이다. 위기의 순간은 변화의 시작점이다. 누구나 살면서 위기를 느낀다. 그러나 위기라고 느끼는 지점은 저마다 다르다.

2018년, 새 학교로 전근을 갔다. 교직생활을 하면서 많은 학교를 다녔지만 새로운 학교에 적응하는 것은 언제나 힘들다. 낯선 환경과 처음 맡는 업무는 긴장되고 때로는 위기감마저 든다. 새로운 환경과 업무에 익숙해지기까지 많은 스트레스를 받는다. 다행히 새로 간 학교는 집에서 가까운 시골에 있는 아담하고 예쁜 학교다. 맑은 햇살, 상큼한 바람과 함께하는 출근길은 행복하다.

오랜만에 3학년을 맡았다. 일주일에 2시간 있는 영어 시간은 나를 긴장시킨다. 1시간은 원어민 교사가, 1시간은 내가 수업을 한다. 원어민 교사와 하는 수업은 긴장의 연속이다. 통역도 해줘야 하고, 원어민 교사가 잘 가르칠 수 있도록 도와야 한다. 또한 아이들에게 맞는 수업도 원어민 교사에게 요청해야 한다. 원어민 교사의 말을 통역할 때나 그와 대화를 나눌 때는 언제나 긴장된다.

수업이 끝날 때마다 실수가 없었음에 안도의 한숨을 쉬면서 영어 공부를 더 열심히 해야겠다고 결심한다. 전에는 원어민 교사를 보면 말이 잘 안 나왔는데 요즘은 두려움이 조금 사라지긴 했다. 그래도 여전히 영어에 대한 열등감은 나를 괴롭힌다. 그러나 그 열등감이 영어 공부를 다시금 하게 만들었다. 영어 원서를 읽고 방송통신대학교 영어영문학과에 편입했으니 말이다. 포기하지 않는다면 자신을 성장시킬 기회는 언제 어디서나 있는 법이다.

내 인생에는 위기가 많았다. 공부했던 명상원을 나온 일도 그중 하나였다. 명상원을 나오면서 진주로 이사를 했다. 명상과 불교 중심으로만 책을 읽은 탓에 다른 분야에 대해서도 공부하고 싶었다. 나를 이해하기 위해 우선 심리학과 철학을 공부했다.

나는 어릴 때부터 꿈이 잘 맞았다. 꿈에서 본 장면이 며칠 뒤 현실로 나타나는 것을 보고는 놀랍고 무서웠다. 그러나 꿈의 의미를 알지는 못했다. 내가 꿈속에서 미래를 보았다는 걸 나중에 알았다. 나를 이해하기 위해 프로이트와 융의 심리학 책을 읽었다. 혼자 공부하는 것보다는 체계적으로 공부하는 게 낫겠다 싶어서 경상대학교 교육대학원 평생교육과에 입학했다. 지도교수님은 마음이 열린 분이었다. 동기들도 편하고 잘 맞았다. 대학원 생활 덕분에 오랜만에 학창 시절로 돌아간 것 같았다. 대학생활에서 느껴보지 못한 즐거움을 느낄 수 있었다. 대학원을 졸업하고 상담과 음악 치료를 공부하다가 교육학에 대해 더 알고 싶어서 박사 과정까지 수료했다. 명상원을 나오면서 시간적 여유가 생겼기에 더 많은 공부를 할 수 있었다. 이처럼 항상 위기 끝에는 새로운 길이 있다.

내 생애 최대의 위기는 집단 따돌림이나 해직이 아니었다. 믿었던 사람의 배신이었다. 배신이 주었던 절망감은 삶의 의미마저 잃게 했다. 그로 인해 서른두 살에 자살을 시도했다. 더 이상 실패하고 싶지 않았다. 자살을 결심하기까지 고뇌와 고통의 시간을 보냈다. 고통스러워하실 부모님과 자식에 대한 책임감보다 절망의 고통이 더 컸다. 아이의 그네 봉에 천을 걸어 목을 맸다. 딛고 있던 의자를 밀치니 숨이 조여왔다. 극심한 고통이 지나고 나니 몸에서 뭔가 빠져나가는 느낌이 들었다. 더 이상 육체적인 고통이 느껴지지 않았다. 모든 것이 편해졌다.

그 순간 쿵 하는 소리와 함께 극심한 통증을 느끼며 깨어났다. 아이들 아빠가 목맨 끈을 칼로 자르면서 나는 바닥에 떨어졌다. 높은 데서 떨어지면서 머리와 목을 다쳤다. 머리에 생긴 혹은 1년이 지나도록 없어지지 않았다. 움직일 때마다 욱신거리며 아팠다. 1년이 지나고 나니 몸의 상처는 점차 아물어갔다. 그러나 마음의 상처가 아무는 데에는 시간이 필요했다.

죽음의 문턱을 경험한 이후 삶에 대한 생각이 바뀌었다. 사람에 대한 배신감이나 패배감도 죽음 앞에서는 아무것도 아니었다. '죽는 것은 문제가 아니다. 언제든 죽을 수 있다. 삶은 기회다. 하고 싶은 것은 뭐든지 해보자'라고 생각되면서 삶에 대한 태도가 바뀌었다. 그리고 내가 진정 원하는 것이 무엇인지 생각했다. 결혼하면서 집과 학교만 바라보고 살았던 생활을 바꾸었다. 삶을 바라보는 관점을 바꾸면 태도가 바뀌고, 태도가 바뀌면 운명도 바뀐다.

생각을 바꾸면 운명이 어떻게 달라지는가를 보여준 사례는 주변에서 얼마든지 찾아볼 수 있다. 그 가운데 제프 헨더슨은 위기가 삶의 또 다른 기회였음을 증명한 대표적인 사람이다. 《나는 희망이다》라는 책의 저자 제프 헨더슨은 요리사다. 그는 스물네 살에 마약 밀거래 죄로 징역 19년을 선고받았다. 10여 년간 교도소 주방에서 일하며 그는 요리사가 되고 싶다는 꿈을 꾸었다. 복역 중에 요리를 배우고 출소하여 레스토랑 접시닦이로 시작해 유명 호텔의 최고 요리사가 되었다. 인종 차별과 전과자라는 편견의 벽에 도전해 최고의 요리사가 되기까지 그는 자신에게 닥쳐온 모든 시련과 역경을 딛고 일어섰다. 그리고 그는 결국 교도소 주방에서 일하던 범죄자에서 세계 최고 반열의 요리사로 거듭났다.

"주방에서 보낸 시간은 내게 목표를 주었다. 처음으로 이 인생에서 내가 하고 싶은 일을 알게 되었다."

헨더슨은 교도소 음식을 통해 요리사의 꿈을 꾸게 되었다고 한다. 또한 그는 미국 전역에서 강연을 하며 많은 사람들에게 꿈을 심어주는 메신저이기도 하다.

"당신에게는 잠재력이 있다. 당신은 특별하고 똑똑하다."

이것이 그의 메시지다. 그는 '할 수 있다'는 자신에 대한 믿음과 열망을 가지고 도전했기에 가능했다고 말한다. 꿈을 이루고자 했던 열망이 오늘의 그를 존재하게 했던 것이다.

세상 속 우리의 모습은 저마다 제각각이다. 각자 깨닫고자 하는 것이 다르기에 삶의 여정 또한 다르다. 다채로운 삶을 사는 사람이 있는가 하면 평생을 같은 모습으로 살아가는 사람도 있다. 삶의 의미는 각자의 몫이다. 삶의 동기와 목적에 따라 선택하고 살아가기에 삶을 살아가는 자신만이 그 이유를 알고 있다.

5년 동안 해직 교사로 생활한 후 교단에 돌아왔을 때는 바뀐 환경에 당황스러웠다. 복직 후 3년 동안 초등학교 교사로서 필요한 기능을 배우기 위해 피아노 학원과 미술 학원을 다녔다. 밤에는 단소와 장구를 배우기 위해 전통음악 동아리 활동에 참여했다. 피아노는 굳은 손가락을 펴가며 바이엘에서 체르니 30번, 반주 기법을 배웠다. 힘겹게 배웠던 피아노 연주는 쓸쓸하고 고독했던 그 시절 나를 위로해주었다. 힘들었던 30대를 이겨낼 수 있는 힘이었다. 아이들을 가르치기 위해 배웠던 스케치와 수채화는 그림이라는 새로운 세계를 알게 해주었다. 요즘도 여유가 생기면 돌이나 작은 소품들에 그림을 그린다. 별과 나비와 바람에 흔들리는 꽃을 그리는 것만으로도 치유가 된다. 정작 아이들을 가르치기 위해 배운 음악과 미술이 내 인생을 풍요롭게 해준다. 살면서 배웠던 모든 것이 나의 자산이다.

이렇게 위기는 우리를 성장시키는 기회다. 변화의 원동력이자 시작점이다. 위기를 헤쳐 나가면 새로운 삶이 펼쳐진다.

절망:
희망의 씨앗을 품다

사람들은 언제 절망하는가? 정성 들였던 일이 수포로 돌아갔을 때, 엉망이 된 일들을 돌이킬 길이 없을 때, 내 힘으로 아무것도 할 수 없어 포기해야 할 때, 출구 없는 터널에 갇혔을 때다. 희망이 물거품이 되었을 때, 어떤 이들은 희망 자체가 가장 큰 고통이라고 말한다. 희망을 품지 않았더라면 절망도 없었을 거라며 '희망 고문'을 언급한다. 그러나 희망을 포기하지 않았기에 살아남을 수 있었던 것이다. 때로는 절망하지만 또 새로운 삶을 꿈꾸기에 앞으로 나아갈 수 있는 것이다.

환경에 절망하거나 무릎 꿇지 않고 성장하는 나무를 보라. 추운 겨울이 지나고 따뜻한 봄바람이 불어오면 나무는 우리에게 기적을 보여준다. 말라붙었던 나뭇가지에 연둣빛 새싹이 돋아나고 연분홍 꽃들이 피어난다. 겨우내 봄을 꿈꾸었기에 가능한 일이다. 그 꿈이 기적을 만들어낸 것이다.

자연의 일부인 우리 또한 역경과 어려움에 수없이 절망한다. 그러나 다시 일어서고 도전하며 자신이 선택한 삶을 살아간다. 내일을 꿈꾸는 것은 자신이 삶의 주인으로 살아가고 있다는 증거다.

"태초에 빅뱅 이전에 아무런 일도 일어나지 않았다. 시간은 빅뱅
을 통해 비로소 시작되었다."

세계적인 물리학자 스티븐 호킹 박사의 빅뱅 이론이다. 그는 평생을 장애와 싸웠다. 장애에 맞서서 연구에 몰두했던 그의 의지는 정말 위대함 그 자체다. 그의 저서 《시간의 역사》는 우주의 생성을 설명한 빅뱅 이론을 담고 있다. 물리학의 관점으로 우주와 시간에 대해 밝힌 이 이론은 21세기 물리학에 새로운 획을 그었다.

많이들 알고 있듯이 호킹 박사는 1963년 스물한 살 나이에 전신 근육이 마비되는 루게릭병 진단을 받았다. 몇 년밖에 살지 못할 것이라는 의사의 시한부 선고를 받고도 그는 장애와 싸우며 55년을 더

살았다. 그는 루게릭병 진단을 받았던 당시를 이렇게 회고했다.

"루게릭병을 진단받기 전까지 나는 삶에 대해 지겨워하고 있었다. 할 만한 가치 있는 일들이 아무것도 없어 보였다. 병원에서 나오자마자 내가 처형당하는 꿈을 꾸었다. 갑자기 나는 내 사형 집행이 연기된다면 내가 할 일이 너무 많으리라는 것을 인식하게 되었다. 놀랍게도 과거보다 지금의 삶을 더 즐기게 되었다."

그는 몸이 굳어가는 시한부의 삶에 절망하지 않고 살날이 얼마 남지 않은 현실을 직시했다. 그리고 그 얼마 남지 않은 시간을 아까워하며 연구에 집중했다.

"나는 인생 대부분의 시간을 시한부로 보냈다. 그래서 나에겐 언제나 시간이 귀중하다."

시한부의 삶을 살아가는 그에게 무엇보다 절박했던 건 시간이었다. 그는 시간을 낭비하는 것을 싫어했다. 그의 열망 때문이었는지 2년을 넘기기 힘들 거라는 의료진의 예상을 깨고 병은 느리게 진행되었다. 그럼에도 30대 초반에 손이 마비되었고 40대에는 목소리마저 잃었다. 그 후 그는 생각에 의지해서 연구에 몰두했다. 그는 절박한 상황에서도 멈추지 않고 연구하는 이유에 대해 이렇게 말했다.

"저의 목표는 간단합니다. 우주에 대한 완벽한 이해죠. 우주가 지금의 모습으로 존재하는 이유를 밝히는 겁니다."

열정적으로 연구에 매달린 결과 불치병이 무색하게 연구 성과를 내기 시작했고 세계적인 주목을 받았다. 그러던 중 1985년 폐렴으로 위독한 상황을 맞았으나 불굴의 의지로 연구에 집중한 결과 1988년 《시간의 역사》를 발표한다. 그는 전신이 마비되어 움직일 수도 없고 말조차 할 수 없는 상태에서 전동 휠체어에 의지해 전 세계를 순회하며 이렇게 희망의 메시지를 전했다.

"나의 장애는 과학 연구에서 심각한 걸림돌이 아니었으며 오히려 어떤 면에서는 장점이었다."

호킹 박사는 장애에도 굴하지 않고 자신이 추구하는 꿈을 놓지 않았다. 열망이 있었기에 스스로 운명을 개척해나갈 수 있었다. 그는 자신의 삶을 스스로 이끌고 간 위대한 승리자이자 시한부라는 절박

함을 뛰어넘은 운명의 개척자였다. 물리학자로서 절망 속에서 희망의 씨앗을 품었기에 그는 자신의 삶을 창조해냈다.

누구나 살아가면서 절망하는 시간들이 있다. 나에게는 30대가 절망의 시간이었다. 죽음에 대한 두려움과 대면하며 보낸 시간이었다. 그 시간들이 있었기에 삶에 대해 깊이 사색할 수 있었고, 진정으로 원하는 것에 대해 생각할 수 있었다. 이는 절망 속에서도 희망의 씨앗을 포기하지 않았기에 가능했다. 세상에는 위기와 절망을 이겨낸 사람들이 많이 있다. 시한부 인생에서 새로운 삶을 살아간 사람들의 이야기는 경이롭고 놀라울 따름이다.

《시련은 곧 희망입니다》의 저자인 커크 더글라스는 할리우드의 유명한 배우다. 평생을 인공심장 박동기에 의지하여 살아야 했고 헬기 사고로 두 번의 척추 수술을 받았다. 말년에는 고통스러운 중풍으로 힘겨운 나날을 보냈다. 그는 그 나날들을 이렇게 회고했다.

"중풍을 앓게 된 첫해 동안 나는 느릿느릿 움직이면서 고치 속에만 딱 들러붙어 있는 나비의 애벌레 같았다. 그 안에 있으면 안도감이 느껴졌기 때문에 중풍을 앓게 된 두 번째 해로 접어들면서도 여전히 그 속에서 많은 시간을 보내고 있었다. 고치를 떠나는 것은 여전히 두려운 노릇이었다. 그러나 떠나야만 했다. 나는 인생의 문제를 스스로 해결해나갈 수 있을 만큼 많은 것을 배워가고 있었다. 생존을 위한 삶의 지침서, 즉 매뉴얼을 만들어가고 있다고 할까. 그래서 두 번째 해를 맞으면서부터 이제 날개를 시험해보고 싶었고, 세상 속으로 나비처럼 멀리 날아가고 싶어졌다."

그리고 그 시간들이 자신에게 어떤 의미를 주었는지 이야기했다.

"병은 내게 너무나 많은 것을 일깨워주었고, 중풍으로 초래된 이 모든 사건을 통해 나는 정말 많은 것들을 배웠다. 치유 과정 속에서 나의 삶은 더 나은 방향으로 변화되어 왔다. 중풍과 싸우는 것은, 그리고 그 어떤 병이든 시련과 싸우는 것은 인생을 살아남는 방식과 전혀 다를 바가 없었던 것이다."

그는 중풍으로 겪었던 시련의 시간 속에서 중풍을 이해하고 병에 맞서 싸우며 삶이 어떻게 바뀌었는지 알리기 위해《시련은 곧 희망입니다》라는 책을 쓴 것이다. 그리고 그는 모든 시련을 극복하고 아들 마이클 더글라스, 손자 카메론 더글라스와 함께 출연한 영화 〈더

글라스 패밀리〉를 촬영했다.

절망스러울 때는 절망해야 한다. 바닥까지 내려가는 그 마음을 허용해야 한다. 그러나 절대 절망에 무릎을 꿇어서는 안 된다. 절망을 딛고 일어나 포기하지 않는다면 또 다른 길이 열린다. 절망의 바닥까지 내려가면 작은 소망이 생긴다. 그 마음을 간직하라. 그 희망의 씨앗이 또 다른 삶을 선물할 것이기 때문이다.

03

고독:
단단한 나를 만드는 시간

당신은 언제 고독한가? 나는 죽음과 마주했을 때 답을 찾을 수 없는 막막함에 고독했다. 처음 경상대학병원에서 내 목의 종양이 암일 확률이 80% 이상이라는 말을 들었을 때 온몸이 후들거렸다. 거센 바람 앞에 서 있는 등불 같았다. 주변 사람들은 갑상선암은 가벼운 암이라며 수술하면 괜찮다고 나를 안심시켰다. 그러나 그 말이 위로가 되지 않았다. 내 안의 슬픔이 너무 커서 금방이라도 눈물이 쏟아질 것만 같았다. 죽음과 대면했을 때 느껴지는 근원적인 두려움이었다.

20대 때 죽음에 대해 고민했던 적이 있었다. 집단상담을 배울 때 받은 질문이 떠올랐다. "오늘밤에 살 수 없다면 당신은 무엇을 하겠습니까?"라는 질문에 나는 "아무것도 하지 않고 좌선하겠습니다"라고 대답했다. 내일 죽는다면 무엇을 한들 의미가 있겠는가. 나를 바라보는 것 말고는 할 수 있는 일이 아무것도 없어 보였다.

그러나 예상하지 못한 시기에 죽음을 대면하니 상상했던 것보다 훨씬 두렵고 고독했다. 무엇보다 나를 바라볼 여유가 없어졌다. 절망과 슬픔이 앞섰고, 나와 아이들에 대한 연민이 일었다. 나를 위한 시간이 필요했다. 마음 밑바닥까지 내려가야 했다. 두려움과 슬픔을 대면할 시간이 필요했다. 평소 알고 있던 보살님의 소개로 함양에 있는 작은 절에 들어갔다. 한겨울 작은 절에서의 생활은 한적하고 고요했다. 새벽 예불로 시작해서 산책과 좌선, 그리고 또 예불로 하루를 보냈다. 단조로운 일과가 주는 느긋함으로 오랜만에 평온함을 느꼈다.

문득 스물아홉에 약수암에서 보냈던 날들이 떠올랐다. 그곳에서 보냈던 시간들은 고요하고 평온했다. 해 질 녘부터 조금씩 서서히 어두워지는 하늘과 산은 신비로웠고, 새벽 예불을 끝내고 바라본 별들은 경이로웠다. 코끝에 느껴지는 겨울바람의 청량함과 따사로운 아침 햇살, 정겨운 풍경 소리, 그리고 범종 소리와 나지막한 스님의 예불 소리는 마음이 위로받기에 충분했다. 아침 햇살을 따라 구불구불한 계곡을 지나 걸었던 산책로의 신선함도 좋았다. 오랜만에 느끼는 평화였다. 잊고 살았던 나와 만나는 시간이었다.

　점심 공양을 마치면 오후에는 법당에 앉아 좌선을 하고 신묘장구대다라니경을 읽었다. 경을 읽다보면 생각이 집중되어 마음이 편해졌다. 그날도 한참 동안 경을 읽고 있었다. 그런데 갑자기 법당에 앉아 경을 읽고 있는 내가 보였다. 그 또 다른 나는 법당에 앉아 있는 나를 천장에서 내려다보고 있었다. 순간 깜짝 놀랐다. 나를 내려다보는 나와 법당에 앉아 있는 나, 내가 둘이었다! '어, 왜 내가 보이지?'라고 생각한 순간 다시 현실로 돌아왔다.

　잠깐 보였던 이 현상을 나는 이해할 수 없었다. 위에서 보고 있는 나는 누구이고, 법당에 앉아 있던 나는 누구인가? 도무지 알 수 없었다. 꿈인 듯했지만 꿈이 아니었다. 분명히 깨어 있는 내가 나를 보고 있었다. 처음으로 유체이탈을 경험한 것이었다. 육체가 전부가 아님을 직접 경험했던 것이다. 유체이탈을 통해 나는 정체성에 대한 실마리를 찾을 수 있었다. 그렇게 '나는 누구인가?'에 대한 답을 찾아가게 되었다.

　30대 초반에 《티벳 사자의 서》를 읽었을 때 나는 정말 혼란스러웠다. 몸은 영혼이 입은 옷이라는 말에 당황스러웠다. 당시 나는 유물론자였기에 그 말을 전혀 납득할 수 없었다. 몸이 영혼의 옷이라면 몸으로 살아온 그동안의 삶은 무엇인지 의문이 들었다. 사회문제는 사회구조를 변혁해야만 해결할 수 있다고 믿었던 내 유물론적인 관점과 모순되었기 때문이다.

유체이탈을 통해 나는 보이는 세계와 보이지 않는 세계에 대해 이해하기 시작했다. 물질과 정신, 육체와 마음에 대한 의구심으로 깊이 숙고하다 보니 유물론적 관점으로 해석되지 않던 현상들을 점차 이해할 수 있었다. 그러자 관점이 바뀌기 시작했다. '몸은 영혼이 입은 옷'이라는 말을 이해하니, 몸이 전부라고 여겼던 제한적인 생각이 깨지기 시작했다. 생각이 확장되자 몸이 전부가 아닌 나의 일부라는 것에서 희망이 보였다. 이는 곧 몸과 마음, 삶을 바라보는 인식틀의 변화로 이어졌다. 오랫동안 숙고했던 자유에 대한 답을 찾은 기분이었다.

절에서 홀로 지낸 열흘은 나와 대면한 시간이었다. 고뇌했던 지난날을 돌아보고 성찰할 수 있는 계기가 되었다. 집으로 돌아오는 길은 새로운 삶이 펼쳐질 거라는 희망으로 발걸음이 가벼웠다. 생각이 변하면 세상이 달라진다는 것을 알았기 때문이다. 나는 새로운 삶을 꿈꾸며 집으로 돌아왔다. 고독한 시간은 이렇게 나를 일깨워주었다. 고독은 새로운 획을 긋는 인생의 터닝 포인트가 되었다.

천재 화가 빈센트 반 고흐는 매우 고독한 삶을 살았다. 그는 삶의 고독을 그림으로 표현했다. 불우했던 삶, 고독의 한가운데에서 그린 그의 작품은 다른 작가들과 달리 독특한 화풍으로 남았다. 해바라기, 별밤 등 그의 작품은 그의 삶과 대조적으로 강렬하고 화려하다. 비록 당대에는 인정받지 못해 먹고살기도 힘들었지만 지금 그의 작품들은 가장 비싼 가격에 팔리며 진가를 인정받고 있다.

고독은 인간이 지닌 고유의 성질이다. 고독은 사색할 수 있는 여유와 새로운 아이디어를 제공하고, 성장할 수 있도록 도와준다. 고흐, 라이프니치, 아인슈타인, 하이젠베르크 등 예술가, 과학자, 사상가들은 자신이 추구하는 길을 걸었다. 그들처럼 아무도 인정해주지 않는 새로운 길을 가는 것은 고독한 일이다.

천재성은 종종 절대적인 고독에서 발휘된다. 수많은 예술가, 과학자, 사상가들은 고독을 통해 자신의 이론을 정립하고 예술 작품을 창조했다. 그들 중 상당수가 당대에 인정받지 못했기에 자신만의 신념으로 살았다. 세상이 인정해주지 않는 고독 속에서 자신과 싸워야 했다. 의지를 지키려는 그들의 모습은 때로는 괴팍해 보였을 것이다. 그러나 그들은 고독한 삶을 통해 자신만의 독창성과 논리 체계를 이루어냈다.

　우리는 고독할 때 비로소 깊이 사유하고 성찰하게 된다. 고독의 순간은 내 안의 신과 만나는 시간이다. 이것이야말로 고독이 주는 참된 선물이다.

04

용기:
변화를 당기는 방아쇠

언제나 새로운 시작에는 설렘과 두려움이 따른다. 이 설렘과 두려움은 변화와 안전을 추구하는 마음 사이의 충돌에서 온다. 그러나 변화는 자연의 섭리다. 물이 흐르고 계절이 바뀌는 자연의 이치와 같다. 변화가 없는 삶은 지루하다. 지루함은 몸과 마음을 병들게 한다. 물이 흐르지 않고 고이면 썩듯이 육체와 정신도 정체되면 병들기 마련이다. 병은 영혼이 보내는, 변화를 요구하는 신호다. 병을 통해 성장을 멈춘 당신에게 깨어나라고 신호를 보내고 있는 것이다. 예로부터 아홉수라는 말이 있다. 선조들은 아홉수를 경계했다. 9는 최고의 숫자를 의미했다. 선조들은 가득 찼으니 새롭게 시작해야 한다는 의미로 해석했다.

사실 변하지 않는 것은 없다. 똑같은 날은 없다. 오늘은 어제와 다르다. 자연을 관찰해보면 단 하루도 같은 날이 없다. 나 또한 매일 다르며, 시간과 함께 생각의 흐름에 따라 끊임없이 변한다. 변화하고 싶다면 새로운 선택을 해야 하고, 그러기 위해서는 용기가 필요하다. 용기는 변화를 당기는 방아쇠와 같다.

작년 가을, 친구가 책 쓰기를 권했다. "내가 무슨 책을……. 종이 낭비지. 세상에 쓰레기 하나 내놓을 뿐이야"라고 대답했다. 그러자 친구는 "자신을 너무 저평가하는 거 아니야?"라며 아쉬워했다. 그 후 그 친구의 말이 마음에 걸렸다. 내게는 나 자신을 자책하는 마음이 있었다. 다른 사람에게 지난날을 말하지 않는 이유였다. 20대에 다짐했던 맹세를 지키지 못했다는 마음의 짐과 부채의식이 패배감으로 남아 있었다.

친구의 말을 깊이 생각해보니 내 안에 성장하지 못한 채 여전히 20대에 머물러 있는 내가 있음을 알게 되었다. 어디 나뿐이겠는가. 1980년대를 보냈던 세대 중 많은 이들이 크든 작든 나처럼 마음의 짐이 있다. 광주의 아픔과 먼저 간 사람들에 대한 죄의식, 그리고 민주주의를 완수하지 못했다는 패배감 말이다.

그러나 꿈꾸었던 이상을 모두 이루지 못했다 할지라도 많은 발전을 가져온 것만은 분명하다. 그런 의미에서 지난날 우리의 행동들은 정의롭고 아름다웠으며, 그 모든 과정은 우리의 시민의식과 민주주의가 성장한 시간이었다는 생각이 들었다. 결국 나는 마음의 짐을 내려놓고 내 경험과 생각을 나누고 싶은 마음에 책을 쓰겠다는 용기를 내게 되었다. 이 또한 내 안의 커다란 변화라고 할 수 있다.

시작은 설렘과 두려움을 동반한다. 이때 필요한 것이 바로 자신을 허용하고 느낌과 가슴속 울림을 수용하는 용기다. 용기는 인생의 밀도를 높여준다. 진정 원하는 마음이 있다면 현재의 조건으로 판단해서는 안 된다. 현재의 조건과 미래의 결과물만 생각하면 시작조차 할 수 없다. 우리의 사회적 자아는 생존을 위해 안정된 선택을 하려고 한다. 안전한 현재 상태를 유지하기 위해 두려움이라는 감정으로 변화에 저항하는 것이다. 두려움은 생존을 위한 감정적 안전장치이자 변화를 막는 장애물이다. 언제나 변화의 임계점에서는 두려움과 맞서는 용기가 필요하다. 미지는 새로운 도전과 모험의 영역이다. 용기가 없다면 절대 앞으로 나아갈 수 없다.

모든 변화의 열쇠는 열망이며, 그 열망을 행동으로 옮기게 하는 것은 용기다. 개인의 변화에서 사회의 변혁에 이르기까지 용기 있는 사람들이 보여준 행동은 언제나 감동을 준다. 민주화의 물꼬를 튼 6월 항쟁을 다룬 영화 〈1987〉은 723만 명이라는 흥행 기록을 남겼다. 〈1987〉은 고故 박종철 고문치사 사건에서 비롯되어 이한열 열사의 죽음과 6월 항쟁으로 이어진 1987년의 기록들을 사실적으로 그린 영화다. 30여 년이 지난 2018년에 이 영화가 뜨거운 호응을 얻은 이유는 무엇일까? 30여 년 전, 불의에 맞섰던 사람들의 용기가 영화에 고스란히 담겨 감동과 공감을 불러일으켰기 때문이리라.

그렇다면 진정한 용기는 무엇일까? 학교 도서관에서 아이들에게 읽어줄 책을 고르다가 《세상을 바꾼 용기 있는 아이들》이란 책을 발견했다. 이 책은 세계 곳곳에서 자행되었던 어린이 강제노동과 인권 차별에 맞선 용기 있는 아이들에 대한 이야기를 다루었다. 그중에서도 내게 가장 큰 영감을 준 인물은 파키스탄의 어린이 노예 반대 투사 '이크발 마사흐'였다.

이크발 마사흐는 1982년 파키스탄에서 태어났다. 파키스탄은 사회계급이 엄격히 구분된 국가로, 특권계급은 좋은 교육을 받고 좋은 직종에 종사하며 좋은 조건을 가진 사람과 결혼했다. 그러나 낮은 계급에 속해 있던 이크발은 매일 고된 일을 하며 질병에 걸려도 제대로 치료받지 못하고 굶주려야 했다. 그의 아버지가 카펫 공장 주인에게 이크발이 일해서 빚을 갚는다는 조건하에 600루피(한화 15,000원)를 빌린 탓에 그는 네 살부터 카펫 공장에서 강제노동에 시달려야만 했다.

그러나 하루 10시간씩 일을 해도 빚은 늘어만 갔다. 베틀을 고치거나 원료를 사는 비용마저 빚으로 더해졌고, 아파서 일을 못하는 시간은 벌금이 매겨졌다. 실수를 하면 일을 제대로 못한다고 매질까지 당해야 했다.

더 이상 참을 수 없었던 이크발은 결국 열 살이 되던 해에 카펫 공장에서 도망쳤다. 그리고 '노예노동해방전선'의 창시자인 칸의 도움으로 6년 만에 자유의 몸이 되어 학교에 갈 수 있었다. 이후 이크발은 파키스탄 구석구석을 돌며 어린이 강제노동의 불법성을 알리고자 애썼다.

"우리 어린이들이 수업을 마치고 집에 돌아갈 때 항상 외치는 말이 있습니다. 저는 오늘 이 자리에 서서 여러분과 함께 외쳐보고 싶습니다. 자, 제가 '우리는 자유롭다'고 말하면 여러분도 '자유' 하고 외쳐주세요."

열두 살 무렵부터는 학교와 공공장소, 공장에서 연설을 하며 인도와 파키스탄의 비참한 작업 환경에서 일하던 어린이들에게 용기를 북돋아주었다. 이크발은 미국과 유럽의 국제노동기구에서 증언을 하기도 했다.

그러던 어느 날 이크발은 친구들과 자전거를 타고 가다가 총에 맞아 숨졌다. 수많은 사람들이 그의 죽음을 애도했고, 3만 명이 넘는 사람들이 어린이 강제노동과 학대 중단을 외치며 거리 행진을 벌였다. 이크발의 삶은 많은 사람들에게 감동을 주었고, 세계적으로 어린이 노동 문제에 대한 관심을 높였다. 그의 용기 있는 행동은 전 세계 수백만 명의 어린이들을 노동착취와 학대로부터 벗어나게 했다.

책을 통해 만났던 열두 살 이크발의 용기는 내 가슴을 크게 울렸다. 그의 용기는 어디서 나온 것일까? 삶의 간절함이다. 인간의 기본적인 권리조차 보장되지 않은 사회에서 인간답게 살고자 했던 간절함 말이다. 그의 용기 있는 행동은 세상을 변화시키는 큰 힘이 되었다.

용기는 우리가 두려움을 완전히 없애거나 극복할 수 있을 때에만 나타나는 것이 아니다. 설령 두려움이 여전히 존재하더라도, 그것에 맞서 싸워보려 할 때 생기는 것이 용기다. 성공할 가능성이 1%인과제에 도전하는 자에게는 100번 도전해서 한 번쯤은 성공할 가능성이 있지만 도전하지 않는 자에게는 0.001%의 가능성도 없다. 두려울지라도 용기를 내는 사람만이 삶을 변화시킬 수 있다. 현재의 삶을 바꾸고 싶다면 도전하라!

극복:
아픔에서 희망으로 다시 떠오르기

2014년 4월 16일은 우리 사회를 강타했던 세월호 사건이 일어난 잊을 수 없는 날이다. 국가의 한 국민이자 기성세대, 교사로서 304명이 탄 배가 가라앉는 장면을 보며 내가 할 수 있는 일이 자책밖에 없다는 것이 절망스러웠다. 그리고 가슴속 깊이 커다란 물음을 던져주었다.

"우리 사회는 이대로 괜찮은 걸까?"

세월호 사건은 정치권력의 무책임과 안전 불감증, 우리 사회가 오랫동안 잉태해온 부조리와 잘못된 관행이 만들어낸 아프고 슬픈 비극이었다. 이로 인해 학교에 안전교육이 도입되고 여러 가지 법과

제도가 정비되었다. 어디 그뿐인가. 촛불혁명과 대통령 탄핵까지 사회에 큰 변화를 가져왔다. 우리 사회는 지금 그 거대한 실패에서 다시 떠오르고 있는 중이다.

세월호 사건은 나 개인에게도 큰 영향을 주었다. 나는 30여 년 동안 교사로서 아이들을 가르치며 살았다. 아이들의 죽음에 대한 자책감은 교사로 살아온 지난날들을 돌아보는 계기가 되었다.

"교사로서 무고하게 죽어간 아이들에 대한 책임은 없는가?"

"내가 열망했던 이상을 교육 현장에서 얼마나 적용했는가?"

이 질문들에 떳떳하게 답할 자신이 없었다. 나 또한 세월호의 책임에서 벗어날 수 없었다. 나는 교사로서의 삶에 대해 생각했다. 지식이나 국가의 이념을 가르치기 전에, 사회에서 요구하는 도리와 예절을 가르치기 전에, 자신의 생명에 대한 자주권과 요구권과 행동권을 가르쳤어야 했다. 그러나 학교의 목적이 노동력 창출이다 보니 근면과 성실 덕목을 우선시했다. 그리고 그러한 상황은 변함없이 지속되고 있다.

아이들은 입학하면 딱딱한 의자에 앉는 연습을 시작으로 시간 지키기, 규칙 지키기를 배운다. 내 생각을 먼저 말하기 전에 분위기를 파악하고 집단에서 어긋나지 않는 행동의 필요성을 익힌다. 이렇게 아이들은 학교에 적응해나가고 순응적인 개체가 되어간다. 이제 교육 현장은 경쟁에서 협력과 함께하는 교육으로 전환되는 추세이지만 여전히 국가와 사회, 기업에서 요구하는 교육을 하고 있다.

도덕 교과서의 동화는 스스로 생각하고 판단하는 힘을 기르기보다는 정해놓은 가치관과 규범을 가르치는 데 중점을 두고 있다. 스스로 가치관을 세우고 삶을 이끌어갈 수 있게 하는 생각의 힘을 길러줄 수 있는 교육이 필요하다.

2018년 11월 가을이 깊어진 어느 토요일, 광주에 갔다. 고즈넉한 가을비 내리는 광주로 들어서니 가슴 한쪽에서 아픔이 몰려왔다. 스무 살, 처음 광주민중항쟁에 관한 녹음테이프를 들었을 때 느꼈던 공포와 두려움을 내 몸은 기억하고 있었다. 비에 젖은 5·18 광장은 어느 트로트 가수의 노랫소리와 행사를 치르고 있는 이주 노동자, 다문화 가족의 박수 소리가 어우러져 축제의 공간이 되어 있었다. 젊은이들은 킥보드를 타고 인도, 태국, 카자흐스탄 등의 소품과 음식이 자리한 그곳은 평화와 자유의 공간이 되어 있었다.

미국의 경우 제2차 세계대전을 치른 후 가족과 사랑하는 사람들을 잃은 슬픔이 반전, 평화, 자유, 사랑의 문화를 가져왔다. 1960년대 후반 미국에서 히피 문화가 형성된 역사적 배경이다. 비 내리는 광주는 슬픈 역사를 뒤로하고 자유, 평등, 사랑의 문화를 싹틔우고 있다. 이제 광주는 우리 사회 민주주의의 상징으로 자리매김하고 있다. 나는 광주를 보면서 실패한 역사는 없다는 것을 다시 한 번 느낄 수 있었다. 언제나 진행형이다. 역사는 앞을 향해 지그재그로 나갈 뿐이다.

"인류의 역사는 도전과 응전의 역사다."

아놀드 토인비의 말이다. 인류의 역사와 같이 우리의 삶도 아픔은 아픔대로, 상처는 상처대로 성장하게 해준다. 실패가 실패로 남지 않는 것은 그 또한 삶을 확장해주고 발전하는 과정이기 때문이다. 생각해보라. 우리 사회에 아픔을 주었던 그날들이 새로운 날을 만들지 않았던가. 실패의 아픔을 통해 우리는 여물고 더욱 단단해졌다. 지난날의 실패의 고통이 있었기에 오늘의 성장이 있었다. 실패를 딛고 희망으로 거듭나는 중이다.

퍼덕퍼덕 거리는 새. 푸른 하늘 좋다고 높이높이 날더니 왜 날개 접었을까.
퍼덕퍼덕 날고 싶어도 날 수가 없네. 울고 싶어도 울 수가 없는 새야.

못다 한 사랑이 못다 이룬 약속이 못다 한 청춘이 애달파 파랑새는 울어예으리.

20대 때 즐겨 불렀던 '파랑새' 노래의 가사다. 파랑새는 우리가 꿈꾸는 자유, 사랑, 희망을 상징한다. 우리 사회는 사람을 귀히 여기지 않는 문화로 고통스러워하고 있다. 인권과 생명이 존중받지 못할 때 정신은 고갈되고 삶은 황폐해진다. 지금 우리 사회가 겪고 있는 이 아픔은 치유하고 극복해야 할 과제다. 절대적 빈곤과 불평등에서는 벗어났지만 여전히 극복해야 할 문제가 많다. 더 나은 삶을 위해 나아가야 한다. 아픔을 딛고 다시 희망으로 떠올라야 한다.

06

끈기:
결국 끝까지 해내는 힘

　　스노우 폭스의 김승호 회장은 재미교포다. 미국으로 이민을 간 후 20년간 실패를 거듭했다. 그러던 어느 날 김밥을 판매할 계획을 세운다. 햄버거, 치킨 등과 같은 패스트푸드나 빵, 스테이크가 주종인 미국에서 김밥으로 외식 시장에 진출하기란 쉽지 않았다. 그래서 입맛이 다른 미국인들에게 먼저 김밥 시식, 김밥 퍼포먼스 등으로 홍보를 해나갔다. 그 결과 지금은 김밥으로 130억 원이라는 매출 성과를 올리고 있다. 끈기와 열정이 이루어낸 결과라 할 수 있다. "낙숫물이 바위를 뚫는다"는 속담이 있다. 꾸준히 계속 떨어지는 물이 결국 바위도 뚫는다는 의미다. 이와 같이 끈기로 끝내 성공한 사람의 이야기는 우리에게 큰 가르침을 준다. 성공과 실패라는 결과보다 그들의 열정과 끈기의 과정에서 교훈을 얻는다.

김승호 회장은 열정과 끈기의 표본이다. 실패해도 포기하지 않는 사람들, 시련과 절망 속에서도 오뚝이처럼 일어나는 사람들, 수많은 장애물을 딛고 일어선 사람들은 위대하다. 무수한 도전 끝에 목표를 달성한 사람들이 보여준 불굴의 정신과 끈기는 감동적이다.

그렇다면 그들을 일으킨 힘은 무엇일까? 그 끈기는 어디서 나온 것일까? 그들의 DNA가 특별한 것일까? 그렇지 않다. 그 힘은 삶의 동기와 목표에서 나온 것이다. 목표를 이루고 싶은 열망은 자신을 앞으로 나아가게 한다. 끈기는 꼭 해내고 싶은 열정이 있을 때 생긴다. 열정은 원하는 일을 할 때 생긴다. 끈기는 좋아하는 일을 할 때 몰입하는 힘에서 나온다.

나는 선택을 할 때 가슴의 울림을 따라간다. 결과보다 끌림을 따라간다. 그렇기 때문에 일단 선택하면 묵묵히 한다. 지금까지 나는 결과보다 열망에 따른 선택을 했다. 좌충우돌 살아온 길은 결과만을 생각한다면 선택하기 힘든 일이었다. 학생운동과 교육운동, 절 생활과 결혼, 이혼과 재혼 등 일련의 과정은 고난과 시련의 날들이었다. 돌아가신 아버지께서는 그런 나를 보며 "너는 왜 맨날 차려놓은 밥상을 걷어차느냐? 너는 참 모르것다" 라며 안타까워하셨다. 아버지 입장에서 보면 나는 청개구리 딸이었다. 나 또한 그런 나 자신을 이해할 수 없었다.

나는 생각이 미래를 끌어당기고, 마음의 끌림이 그 길을 가도록 이끈다고 생각한다. 태양을 향해 이끌리는 생명의 원리와 같다고 할 수 있겠다. 끌림은 생명의 원리다. 자석이 철을 끌어당기듯 나를 끌어당기는 힘이 내 안에 있다. 내가 살아온 과정은 가슴 깊은 끌림을 따른 선택이었다. 남편과의 만남 또한 끌림이 있었기에 가능했다. 우리는 명상원에서 함께 공부했던 도반이었다. 명상원을 떠나면서 각자의 길을 갔다. 몇 년이 지나 전원주택 부지로 사두었던 땅을 처분하러 합천에 갔다가 다시 만났다. 그 무렵 남편은 출가했다가 환속한 지 얼마 되지 않았을 때였다. 다 자라지 않은 짧은 머리카락과 많이 변한 얼굴이 어색했다. 우리는 오랜만에 그동안 살아온 이야기와 구도에 대한 이야기를 나누었다.

남편은 열여덟 살 때 우연히 길에서 단전호흡에 대한 책을 주웠다. 그 뒤 하숙집에서 그 책을 보며 혼자 단전호흡을 연습했다. 그는 더 깊이 공부하고 싶어서 거창에 있는 한 수련원에 등록했고, 학교

수업이 끝나면 그곳에 가서 수련을 했다. 고등학교 3학년 때에도 수련에 깊이 매료되어 대학 진학도 포기하고 진리를 찾아 여러 단체를 돌아다녔다고 한다. 10여 년이 넘게 도판을 다니다가 내가 있던 명상원에 들어와서 몇 년 동안 함께 공부했다. 명상원을 떠난 후에는 출가해서 절 생활을 했지만 여전히 구도의 길을 갔다.

나는 스물아홉 어느 날 좌선을 하다가 깊은 지복 상태를 경험했다. 그 후 그때 느꼈던 그 자유로움을 찾아다녔다. 진정한 자유를 찾아 책을 보고 영성을 공부하는 곳을 찾아다녔지만 내가 원했던 답을 찾을 수 없었다. 지인들이 "뭘 그렇게 복잡하게 생각해? 즐겁게 살면 되지"라고 말할 때마다 '정말 내가 문제인가? 내가 잡을 수 없는 무지개를 찾아다니는 건가?'라는 의문이 들었다. 자유에 대한 열망을 접고 몇 년을 직장 동료들과 어울리며 지내기도 했고 그렇게 사는 것이 행복이라고 생각하면서도 여전히 허전함이 내 안에서 맴돌았다.

그러던 어느 날 갑상선에 종양이 생겼다. 병이 생기고 나서야 알았다. 갈망하는 마음은 무시한다고 잊히는 것이 아니었다. 마음속 열망을 포기하고 산다고 살아지는 게 아니라는 것을 알았다. 원하는 삶을 포기하고 살았기 때문에 병이 생긴 것이었다. 내가 원했던

'자유에 대한 열망, 깨달음에 대한 열망'을 향해 다시 가야 함을 알았다.

남편과 나는 도반이다. 도반은 함께 도를 닦는 벗을 뜻한다. 우리는 각자 좌선하고 느낀 것에 대한 차이로 많은 논쟁을 했다. 서로 관점이 달라서 많이도 부딪혔다. 경험이 달랐고 답을 찾아가는 방식도 달랐다. 명상원에서 같이 공부할 때 치열하게 싸웠다. 자신에 대한 확신이 큰 만큼 우리 둘 다 고집불통이었다. 그 시절 우리에게는 마음의 여유가 없었다. 깨달음에 대한 열망과 앎에 대한 갈증이 컸기에 칼날같이 곤두서 있었다. 지금도 여전히 깨달음을 열망하며 구도의 길을 가고 있다. 같이 공부하고 깨우친 것을 나누며 살고 있다. 오래전 명상원에서 격렬하게 싸웠던 우리는 이제 부부가 되었다. 깨달음에 대한 열망과 끈기가 서로를 만나게 해주었다.

몇 년 전 명상원에서 같이 공부했던 도반을 미국에 있는 람타 스쿨에서 만났다. 우리를 보며 "둘이 엄청 싸웠잖아. 그런데 같이 산다고?"라며 신기해했다. 그는 우리가 같이 사는 것이 상상이 되지 않는 듯했다. 우리도 함께 살고 있는 게 신기하다. 삶은 기적이다. 깨달음에 대한 열망이 서로를 끌어당겼기에 가능한 일이었다. 우리가 원하는 길은 진정한 자유의 길이다. 우리가 만나서 함께 살아가는 것은 가고자 하는 여정이 같기 때문이다. 결코 놓을 수 없는 끌림의 지점이 같기 때문이다.

우리는 하나의 개념을 잡아갈 때 며칠을 숙고하고 이야기를 나눈다. 각자의 생각과 개념이 맞지 않을 때는 격렬히 논쟁한다. 사용하는 단어의 차이로 몇 시간씩 논쟁하며 초점을 좁혀나간다. 자신의 생각대로 살아가는 우리의 모습이다. 우리는 오늘도 답을 찾아가는 중이다.

사람마다 살아가는 목적은 각기 다르다. 수없이 실패했는데도 포기할 수 없다면 그 길을 가야 한다. 실패를 거듭해도 포기하지 않을 때 지혜를 얻을 수 있다. 자신의 진리를 만들어가는 것이다. 끝까지 해낼 수 있는 끈기는 자신이 좋아하는 일을 할 때 가능하다.

07

소명:
절대 놓을 수 없는 마음속 부름

국어사전에서 '소명'을 찾아보면 몇 가지 의미 가운데 '부름'이라는 뜻이 있다. 소명은 원래 종교적인 해석이다. 신의 부름을 소명이라 말한다. 신이라는 존재를 심리학적으로 다시 해석하면, 나의 무의식 또는 잠재의식이다. 나의 무의식, 내 안의 '신'의 부름이 소명인 것이다.

소명의 실체를 알 수는 없다. 어쩔 수 없이 끌리는 사랑과 같은 것이다. 소명은 깊은 사랑으로 맺어진 연인과 같다. 그것은 끌림이다. 사랑하는 연인들은 가슴에서 끌림을 느낀다. 그로 인해 고통을 느낄 때도 있지만 그것만으로도 우리는 엄청난 기쁨과 환희를 얻는다. 그것은 삶을 살아가는 원동력이 된다. 만약 삶이 지루하고 무기력하게 느껴진다면 소명에 대해 생각해볼 필요가 있다. 소명이 없다면 살아 있어도 죽은 것과 다를 바 없다.

사람은 저마다 추구하는 삶도 다르고 그 끌림도 다르다. 내면의 끌림을 애써 무시하고 외면하려 하면 그것은 당신을 끊임없이 괴롭힐 것이다. 그렇다면 소명은 결국 내가 가장 원하는 것, 진정으로 원하는 것이다. 결국 소명을 모른다면 자신을 진정으로 안다고 말할 수 없다. 왜냐하면 내가 진정으로 원하는 것을 모르기 때문이다.

오랫동안 사람들의 삶에 대해 생각했다. 역사책과 도덕책에 나온 위인들을 보며 그들을 특별한 사람들이라고 생각했다. 슈바이처, 마더 테레사, 장기려 박사 등 사랑을 실천했던 분들을 보면서 의문이 들었다.

'어떻게 그렇게 힘든 일을 해냈을까?

'무엇이 그런 삶을 살도록 이끌었을까?

'아무도 알아주지 않는 길을 포기하지 않았던 힘은 무엇이었을까?

얼마 전 〈고산자, 대동여지도〉라는 영화를 보았다. 재미를 더하기 위해 일부 각색된 부분도 있었지만 고산자 김정호의 생각들이 그대로 전해졌다. 영화를 보는 내내 이런 생각이 들었다.

'그가 택했던 고난의 시간들은 그에게 어떤 의미였을까?

김정호의 삶에 대한 이야기는 이미 책과 TV 드라마를 통해 몇 번 접했지만 여전히 인간 김정호에 대해 궁금하다. 그가 만든 대동여지도의 의미에 앞서 그의 의지와 열정, 삶의 의미에 대해 생각하게 된다. 그가 살았던 1800년대 조선은 힘없고 가난했다. 과학, 교통, 통신 상황은 오늘날과 비교할 수 없을 만큼 뒤떨어져 있었다. 그 시대에 30년 동안 전국 방방곡곡을 돌며 측정하고 기록한 것을 목판에 새겨 완성한 대동여지도는 정말 놀라움을 자아낸다. 현대 지리학계에서도 대동여지도는 감탄의 대상이다.

김정호의 대동여지도가 완성되기 전까지 우리 땅에는 정확한 지도가 없었다. 그렇게 고생 끝에 만든 대동여지도 때문에 그는 왜를 돕는 첩자로 몰려 죽임을 당했다. 훗날 그의 업적은 역사 속에서 크게 빛나고 있지만 한 인간으로서의 그의 삶은 비참했다. 그의 삶을 보며 나는 소명에 대해 다시 생각했다. 그를 평생 이끌었던 갈망, 열정으로 이끌었던 삶의 의미에 대해 생각해보았다. 도대체 무엇이 그를 그 길로 이끌었을까? 30년의 긴 세월 동안 대가 없는 일을 해낸 그의 의지가 경이롭다.

몇 년 전 노동 단체에서 일하던 후배가 심장협심증으로 잠시 쉰다며 진주까지 찾아왔다. 오랜만에 만나니 반가웠다. 고생한 흔적이 느껴지는 후배의 모습에 마음이 아팠다. 후배는 "누나는 배신자야"라고 웃으며 말했다. 그는 아픈 몸을 이끌고 자신의 길을 가고 있었다. 모두가 잘 사는 사회를 만들고 싶었던 열망으로 민주화 운동의 전도사가 되었던 후배는 그 길을 여전히 묵묵히 걸어가고 있다.

소명은 내가 나에게 하는 약속이고 나에게 주는 숙제다. 소명은 내가 끌리는 것을 경험하면서 깨달아야 할 것들이다. 지금 우리가 서 있는 이 자리는 스스로가 선택한 것이다. 무엇을 경험하고 알기 위해 여기 있는지 숙고해야 한다. 생각과 마음에 집중해볼 필요가 있다. 소명을 찾아내기 위해서는 무엇을 좋아하고 무엇에 끌리는지 무시하지 말고 그 느낌을 따라가야 한다. 소명을 발견하고 찾아가는 세 가지 방법을 살펴보자.

첫째, 당신의 느낌에 귀를 기울여야 한다.
먼저 편안한 자세로 앉아 눈을 감고 생각의 흐름을 보라. 마음을 고요히 바라보면 흐르는 생각이 있다. 그 흐름을 따라가면 또 다른 생각으로 이어진다. 생각의 흐름과 느낌은 마음과 연결된다.

둘째, 자신에게 솔직해야 한다.

사랑을 고백했을 때를 떠올려보라. 만약 거절당하는 아픔을 겪을지라도 솔직해져야 한다. 그래야 자신의 소명을 발견할 수 있다.

셋째, 그것을 실행할 수 있는 용기가 필요하다.

소명이 명확해질수록 당신은 저절로 실행할 수 있는 힘을 갖게 될 것이다. 그리고 무엇과도 바꿀 수 없는 삶의 가치를 발견하게 될 것이다.

소명은 고정된 것이 아니다. 생각이 커지고 성장함에 따라 소명도 진화한다. 당신은 포기하고 싶어도 포기할 수 없는 것이 있는가? 그것은 무엇인가? 포기해도 부메랑처럼 다시 되돌아오는 것이 있는가? 그것이 당신이 진정으로 원하는 길이다. 그 끌림을 따라 살아갈 때 자신이 누구인지 알게 될 것이며, 진정한 삶의 가치를 얻는 기쁨을 느낄 수 있을 것이다.

열망:
내일을 기대하게 하는 힘

'사람은 무엇으로 살아갈까?'

'사람을 살아가게 하는 힘은 무엇일까?'

우리를 살아가게 하는 힘은 열망이다. 내일은 오늘보다 나을 거라는 기대, 그것이 바로 열망으로 오늘을 살아가게 하는 힘이 된다. 우리에게는 열망이라는 씨앗이 있다. 열망은 미래를 만드는 기준이 되고, 앞으로 나아갈 수 있도록 용기를 주며, 새로운 길을 열어준다. 나에게는 세 가지 열망이 있다.

첫째, 명상 숲을 만들고 싶은 열망이다.

숲길을 마음껏 걸으며 자연을 느끼고 마음을 느낄 수 있는 숲을 만들고 싶다. 산에 길을 만들고 오솔길 사이에 작은 LED 등을 설치해서 밤에도 고요함 속에서 산책할 수 있는 공간을 마련하고 싶다. 마음의 흐름에 따라 춤을 추거나 소리 명상을 할 수 있었으면 좋겠다. 데크에 의자를 설치해서 책을 읽거나 편안하게 쉴 수 있게 하고, 그 위에는 지붕을 올려 비가 와도 자연을 즐길 수 있는 공간으로 활용하고 싶다. 최대한 자연 상태를 유지해서 숲을 느끼고 사색하는 공간으로 만들고 싶다.

명상 숲을 만들고 싶은 꿈은 몇 년 전에 갖게 되었다. 미국 워싱턴주 시애틀의 옐름에 있는 람타 스쿨에서 느꼈던 경이로움을 나는 잊을 수가 없다. 10만 평이 넘는 넓은 부지와 숲의 웅장함에 반하고 말았다. 요정이 나올 것 같은 동화책 속의 숲처럼 이끼가 낀 아름드리 나무와 울창한 숲길은 정말 감동적이었다.

이벤트가 열렸던 열흘 내내 나는 숲을 거닐며 보냈다. 자연에서 처음 느껴보았던 여유롭고 풍요로운 시간들은 평화로움 그 자체였다. 나무에 앉아 있는 흰 부엉이도, 나무를 오르내리던 청솔모도, 작은 둔덕 같은 큰개미집도, 건너편 숲을 뛰어다니던 사슴도 모두 신기했다. 숲은 청량하고 고요하며 아름다웠다. 숲을 거니는 사람들은 다들 평화로워 보였다.

아침부터 저녁까지 거닐던 숲길을 생각하는 것만으로도 가슴이 시원해졌다. 열흘 동안 여러 국가에서 온 사람들과 함께 강의를 듣고, 훈련하고, 숲을 걸었다. 내면이 충만해진 시간이었다. 그곳에서 열흘을 보내며 명상 숲이라는 새로운 꿈을 꾸었다. 2만 평 정도의 넓은 산을 사서 사색하고 춤추며 자연의 풍요로움을 느끼는 명상 숲을 만들고 싶다는 꿈을.

둘째, 퀀텀 카페를 만들고 싶은 열망이다.

퀀텀 카페는 명상과 치유를 할 수 있는 카페다. 30대 후반에 몸이 아팠을 때 갈 곳이 없었다. 아무것도 신경 쓰지 않고 머물 곳이 필요했다. 조용히 마음 놓고 쉴 수 있는 곳을 찾아보았지만 찾을 수가 없었다. 그때의 간절함이 명상-힐링 카페를 만들고 싶다는 생각으로 이어졌다. 그때는 명상원을 만들고 싶었다. 시간이 지나면서 명상원은 공부하는 곳이라 쉴 수 있는 명상 카페가 더 좋겠다고 생각되어 계획을 바꾸었다. 퀀텀은 양자역학에서 양자장을 뜻한다. 양자장에서는 관찰하는 자의 존재에 따라 파동이 입자로 바뀌는 관찰자 효과가 존재한다. 생각하고 소망하면 현실이 된다는 뜻이다. 마음이 곧 물질임을 보여주는 예다.

카페는 쉬면서 명상과 치유가 가능한 공간으로 만들고 싶다. 커

피와 차, 수제 빵과 치즈, 음료를 팔고 책과 명상에 필요한 소품들을 판매할 것이다. 카페 앞에는 데크를 설치하고 탁자와 의자를 놓아 자연을 보며 독서하고 차도 마실 수 있는 공간으로 만들면 좋겠다. 옆 공간에는 그림을 그릴 수 있는 색연필, 크레파스, 도화지 등 미술 도구를 준비해서 자신의 꿈을 그리고 이미지화할 수 있도록 갖춰놓고 싶다. 명상 숲과 가까운 곳에 카페를 만들 계획이다.

셋째, 계절별 대안학교를 만들고 싶은 열망이다.

30여 년 동안 교사생활을 하면서 꿈꾸었던 학교가 있다. 현 교육 체제 아래에서 실현하기에는 많은 제약이 있어서 명예퇴직을 한 뒤 대안학교를 운영할 계획이다. 대안학교는 단기간 운영하는 계절학교로 봄, 여름, 가을, 겨울 네 번으로 나누어 일주일에서 열흘 정도 자연을 느끼고 체험하는 프로그램으로 운영할 생각이다. 미국의 대안학교인 '피닉스 라이징 스쿨'에서 운영하고 있는 것을 벤치마킹해서 우리 여건에 맞게 재구성해 운영할 계획이다. 숲을 거닐면서 자연을 보고 느끼기, 그림 그리기, 음악하기, 공작하기, 마음이 흐르는 대로 춤추기, 작물을 기르고 자연에서 마음껏 놀기, 자신의 꿈 이미지화하기 등으로 구성할 생각이다.

아이들은 천재적 기질을 지니고 태어난다. 그러나 사회의식을 교육받는 과정에서 그 천재적 기질과 자신만의 고유성을 잃어버리게 된다. 자신이 누구인지, 자신의 삶은 누가 만드는지 안다면 삶의 주인으로 살 수 있다. 자신의 느낌과 생각을 사랑하는 사람이 된다면 자기 삶의 주인으로 살아갈 수 있다. 이것이 대안학교를 만들고 싶은 목적이다.

나는 이 세 가지 열망을 꿈꾸고 상상하는 것만으로도 행복하다. 아직은 그 꿈들을 실현할 조건이 갖춰지지 않았지만 조급하게 생각하지 않는다. 진정으로 원하고 갈망한다면 꿈은 이루어지기 마련이다. 당장은 어렵더라도 진정으로 원하면 언젠가 조건은 갖춰질 것이다. 지금 할 수 있는 것부터 시작해서 하나씩 준비하면 된다. 숲을 사고 터를 닦을 자금을 마련하는 것이 쉽지 않겠지만 열망하고 집중하는 것이 모든 일의 시작이다.

이미 나의 꿈과 열망은 조건을 만들어가고 있다. 종잣돈 모으기와 소액 투자, 공동 투자를 통해 자금을 형성하고 있다. 이것이 커지면 명상 숲과 퀀텀 카페는 자연스레 이루어질 것이다. 열망은 새로운 세계를 열어주고, 새로운 하루를 창조하게 해준다. 생각은 마음을 만들고 마음은 현실이 된다. 꿈이 이루어지는 과정이며 원리다.

4장

실패를 성장으로 바꾸는
삶의 여덟 가지 기술

실패를 성장으로 바꾸는 삶의 여덟 가지 기술

나를 성장시키는
공부를 하라

르네상스 시대의 화가 라파엘로는 '아테네 학당'이라는 작품에서 플라톤과 아리스토텔레스를 대조적으로 그렸다. 이데아를 중요시했던 플라톤은 오른손을 들어 하늘을 가리킨 모습으로 나타낸 반면, 아리스토텔레스는 오른쪽 손바닥이 땅을 향하게 표현해서 그가 현실적인 경험을 중시했음을 그림 속에서 표현했다.

"모든 사람은 본성적으로 알기를 원한다."

아리스토텔레스의 말이다. 또 "존재하는 것은 우리가 살고 있는 오직 하나의 자연적인 세계밖에 없으며, 이데아든 감각적 사물이든 존재하는 모든 것은 하나의 세계 속에 같이 있다"고 말한 것을 보면 그는 현실에서의 경험과 인간의 이성적인 측면을 중요시했다. 그는 인간만이 사유 기능을 갖고 있다고 판단했고, 인간의 고유 기능은 사유하는 힘이라고 생각했다. 여기에서 앎이란 경험과 사유를 통한 지혜를 뜻한다.

자연의 존재자였던 인간이 진화할 수 있었던 것은 앎에 대한 열망 때문이었다. 그 열망이 경험을 이끌어냈고, 그 경험을 통해 생각하는 힘을 키울 수 있었다. 인간을 인간으로 성장시킨 것은 앎에 대한 열망과 경험과 사유였다. 인간의 문명은 하루아침에 만들어지지 않았다. 오랜 시간 경험과 지혜가 쌓였기에 가능했다. 현재 우리가 누리는 문명은 이전에 살아온 인류의 결과물 덕분이다. 개인의 성장 과정 또한 마찬가지다. 공부를 해야 하는 이유가 바로 여기에 있다.

많은 사람들이 공부라고 하면 학교를 떠올린다. 그러나 사실 필요한 공부는 학교 졸업 후에 시작된다. 학교 공부가 직업을 얻기 위한 것이었다면 졸업 후의 공부는 실전에서 이루어지는 것이다. '요람에서 무덤까지'라는 모토로 출발한 평생교육은 급변하는 현대 사회를 살아가기 위한 적응교육이다. 태어나서 죽을 때까지 이루어지는 평생교육은 오늘날 정보와 기능을 습득해가는 삶의 기술이다.

농업 중심의 산업구조였던 전근대적인 사회에서 교육과 기술 습득은 단순했다. 그 당시에는 유년기부터 청년기까지 배운 교육과 기술로 평생을 살아갈 수 있었지만 급변하는 현대 사회에서는 새로운 정보를 배우고 습득해야 살아남을 수 있다. 실제 인생은 경험을 통해 지혜를 터득해가는 배움의 장이다. 살아간다는 것은 배움과 성장의 연속이다. 평생교육이 중요한 이유다. 특히 자기계발은 정보와 기술이 급속히 발전하는 이 시대에 살아남기 위해 반드시 필요하다.

나 또한 교육대학 졸업 후에 더 많은 공부를 했다. 학교에서 배울 수 없는 기능적 측면을 습득하고 명상, 철학, 심리학에 대한 공부를 했다. 삶의 대부분이 배우고 익히는 시간들이었다. 공부를 왜 하는지 몰랐던 내가 공부에 재미를 느꼈던 것은 고등학교 3학년 때였다. 교사가 되고 싶다는 목표가 생겼을 때 공부에 대한 희열을 처음으로 느꼈다. 목표가 없었을 때 공부는 재미없고 지루했다.

왜 배우고 익혀야 하는지 알지 못했던 어린 시절의 공부는 끔찍한 시간이었다. 성인이 되어서야 스스로 선택하고 공부할 수 있게 되면서 배움의 기쁨, 앎의 기쁨을 깨닫게 되었다. 평생교육은 사실 살아가기 위한 기능만을 배우는 것이 아니라 자신을 성장시키는 디딤돌을 놓는 것이다. 나는 아이들이 모두 성장한 40대 중반에야 대학원에 입학했다. 대학원 공부를 통해 성취감을 맛보았고 열등감도 해소할 수 있었다. 일과 가사, 학업을 병행하느라 힘들었지만 성장의 기쁨을 느끼는 것 자체가 행복했다.

대학원 공부를 하면서 배움에 대한 갈증은 교육학과 철학으로 이어졌다. 스스로 공부하는 방법을 터득해나갔다. 궁금하면 직접 찾아서 공부하고 숙고하면 된다. 나는 여전히 배움에 대한 욕구가 크다. 새로운 지식을 알고 궁금했던 문제를 해결할 수 있는 공부가 재미있다. 지식은 우리를 막연한 불안과 두려움으로부터 자유롭게 해준다. 아는 만큼 자유로워진다. 석사 논문은 '명상이 자아 성장에 미치는 영향과 의미'로 정하고 세 사람을 인터뷰했는데, 그들이 경험한 명상에 대해 이야기체 형식으로 썼다. 인터뷰를 하고 그 내용을 정리하는 것이 힘들었지만 정말 재미있었다. 이처럼 자유의지에 의해 선택할 수 있을 때 진정한 성장은 이루어진다.

최근 영어를 공부하기 위해 방통대에 편입했다. 방통대 학생들은 사회생활을 하는 직장인이 대부분이었다. 종종 칠순을 넘긴 어르신들도 있다. 그분들은 마음이 청춘이다. 그들의 변화에 대한 갈망과 배움이 나의 성장을 자극한다. 좋은 자극이 아닐 수 없다.

과거에는 하나의 직업만으로도 평생을 살 수 있었다. 그러나 우리가 사는 시대는 끊임없는 기술 변화와 무수한 정보 창출로 급변하고 있다. 이제는 평생 동안 예닐곱 번은 직업을 바꿔야 살 수 있다고 한다. 사회가 변화하는 만큼 직업도 다양해지고 있으며, 과거의 수동적인 태도에서 벗어나 주도적으로 직업을 선택하는 추세로 바뀌고 있다. 이러한 시대에 평생공부는 이제 선택이 아닌 필수가 되었다.

아울러 우리는 공부를 다른 관점에서 바라볼 필요가 있다. 학위나 자격증 공부처럼 단지 생존을 위한 스펙을 쌓고자 하는 것이 아니다. 자신을 성장시키는 것이 진짜 공부다. 하고픈 것을 경험하고 관심 분야와 궁금한 것에 대해 파고드는 것이 진짜 공부다. 시간과 돈이 없다면 책을 통해 배우면 된다. 정보가 넘쳐나는 시대다. 인터넷만 검색해도 정보가 쏟아진다. 배울 곳도 많다. 열정만 있으면 공부는 얼마든지 가능하다. 나를 성장시키는 공부라면 학위는 중요하지 않다. 스펙을 떠나 원하는 공부를 하면 된다. 그것이 자신을 성장시키는 밑거름이 된다.

02

실행력을 높일 수 있는
전략을 세워라

구상을 실행하기 위해서는 적극적인 행동이 필요하다. 아무리 멋진 계획을 세웠더라도 주저하면 놓친다. 새로운 아이디어가 떠올랐다면 누군가 시작하기 전에 추진해야 한다. 아무리 멋진 아이디어라도 때를 놓치면 가치가 떨어지기 마련이다. 정확한 타이밍은 일의 성공과 실패를 좌우한다. 성공한 사람들은 정확한 시간에 맞춰 행동한다. 미래를 정확하게 예측할 수는 없기에 정보와 느낌을 바탕으로 계획을 추진하는 경우가 많은데, 성공한 사람들은 이때 타이밍을 놓치지 않는 행동력을 가졌다는 특징이 있다. 또한 행동력을 높이는 그들만의 철학이 있다. 나 또한 일을 추진할 때 행동력을 높이는 나만의 네 가지 핵심 전략이 있다.

첫째, 자신이 좋아하는 것을 찾아라.

대부분의 사람들은 자신이 무엇을 좋아하는지, 무엇을 원하는지 잘 모른다. 정해진 시간에 정해진 일을 하며 누군가가 짜놓은 하루를 다람쥐 쳇바퀴 돌듯 살아간다. 그렇게 살다보면 좋아하는 것을 생각할 여유조차 없다. 누구나 그렇게 사는 게 당연하다고 생각한다. 자신이 좋아하는 일을 하는 사람들을 보면 감탄만 할 뿐 나도 해볼 수 있다는 생각은 하지 않는다. 그렇게 살아간다면 일상의 노예가 될 뿐이다.

사람은 좋아하는 일을 할 때 행복하다. 행복을 느끼게 해주는 엔도르핀이 생성되면 아무리 긴 시간도 지루하지 않다. 좋아하는 일을 하다보면 몰입되어 성취감도 높아진다. 독일의 베스트셀러 작가인 칙센트미하이는 자신의 책《몰입》에서 "하나의 목표를 수립하고 이를 위해 최고의 집중력을 보일 때 우리는 무엇을 하든지 즐거움을 느낄 수 있다. 이런 즐거움을 맛보기 시작하면 다시 이를 경험하기 위해 더 많은 노력을 할 것이고, 이런 과정의 순환을 통해 우리의 자아는 성장한다"고 말했다. 그의 말처럼 인간은 성취감을 느낄 때 비로소 존재감을 확인한다. 성취감을 자주 느끼는 사람들이 자존감이 높은 이유다. 이렇게 좋아하는 일을 하면 자존감이 높아진다. 좋아하는 일을 찾아서 해보면 알 것이다. 행복이 당신을 기다리고 있다는 것을.

둘째, 실패에 대한 생각을 바꿔라.

실패를 패배라고 생각하는 것이야말로 진정한 실패라고 할 수 있다. 먼저 실패에 대한 생각을 바꿔야 한다. 실패를 괴물처럼 여기지 않아야 한다. 실패에 대한 예민한 반응도 개선해야 한다. 실패를 성장을 위한 연습으로 볼 수 있는 담대한 마음을 가져야 한다. 그러면 실패하더라도 다시 일어설 수 있는 힘이 생긴다. 자전거를 배울 때한 번도 넘어지지 않겠다고 생각하면 두려워서 앞으로 나갈 수가 없다. 수없이 넘어지고 다쳐야 자전거 타는 법을 배울 수 있다. 실패는 결코 패배가 아니다. 성장의 또 다른 이름이다. 하나의 기능을 익히기 위해서는 부단한 연습이 필요하다. 유명한 장인들은 하루아침에 탄생하지 않았다. 몇십 년을 숙달했기에 가능했다. 실패는 성장을 위한 숙달 과정이며 성장의 디딤돌인 것이다.

초등학교 6학년 때 자전거를 처음 배웠다. 자전거를 배우면서 넘어지고 일어서기를 수없이 반복했다. 나는 또래 아이들보다 체구가 작았다. 게다가 아버지의 자전거는 나에게 너무 컸다. 자전거 페달을 돌릴 때마다 좌우로 몸을 기울이며 밟아야 했다. 한 뼘 넘게 차이나는 자전거 페달을 돌릴 때마다 온몸이 뒤뚱거렸다. 그때마다 매번 넘어져 무릎과 팔꿈치가 깨지기 일쑤였다. 그렇게 힘들게 연습했던 자전거를 탈 수 있게 되었을 때 정말 기뻤다. 세상을 얻은 기분이었다.

수없이 넘어지는 것을 각오해야 자전거를 탈 수 있듯이 살아가는 것도 마찬가지다. 실패해도 다시 도전하는 용기를 가질 때 성공할 수 있다. 그러기 위해서는 '실패는 성장을 위한 과정이다'라고 생각을 바꿔야 한다. 실패를 대하는 태도가 그렇게 바뀐다면 행동력도 높일 수 있다.

셋째, 결정하는 순간 바로 실행하라.

나는 결정력과 실행력이 좋다. 하고 싶은 것이 있으면 잠시 생각한 후 빨리 결정하고 빨리 실행한다. 한창 피아노 학원에서 피아노 연주에 재미를 느낄 때였다. 대출금을 갚아야 했지만 내게는 피아노가 더 절실했다. 2년 동안 저축한 적금을 타는 날 한달음에 달려가 피아노를 샀다. 갖고 싶은 피아노를 사자 언제든 집에서 연주할 수 있어서 행복했다. 아끼던 피아노는 이사를 다니면서 여기저기

흠집도 나고 한쪽 다리도 부러졌다. 그래도 나는 여전히 피아노를 사랑한다. 이사할 때마다 사람들이 "이 낡은 피아노 좀 버리시죠?"라고 눈총을 줘도 버리지 않는다. 나와 아이들의 추억이 묻어 있는 피아노가 더없이 소중하기 때문이다.

나는 몇 가지 기준만 맞으면 바로 결정한다. 그리고 결정하는 순간 즉시 실행한다. 물건을 사러 갈 때도, 운동이나 공부나 새로운 일을 시작할 때도 결정하고 나면 바로 실행한다. 이런 실천력은 일을 추진하는 속도를 높이는 데 유리해서 좋다.

넷째, 과거로 돌아갈 수 없도록 딛고 있던 받침대를 빼라.

앞서 언급했듯이 새로운 일을 선택할 때는 두려움과 설렘이 동시에 느껴지기도 한다. 이것은 내면에서 현실적 자아와 이상적 자아가 부딪치기 때문이다. 새로운 일을 시작할 때 현실적 자아는 두려움을 느끼지만 이상적 자아는 설렘을 느낀다.

새로운 일을 시작할 때는 과거로 돌아가지 않겠다는, 즉 벼랑 끝에 서는 마음이 필요하다. 안전핀을 마련해두면 앞으로 나아가기가 힘들다. 과거로 돌아가지 않기 위한 전략을 세워야 한다. 도전은 자신과의 싸움으로, 두려움을 극복하고 나아가려는 용기가 있어야 한다. 우리는 이상적인 자아를 선택할 때 새로운 길을 갈 수 있다. 과거로 회귀하려는 자신과의 투쟁에서 진다면 더 이상 나아갈 수 없다. 영화에서 전사들이 전쟁터로 나갈 때 자신의 집을 불태우고 떠나는 장면을 본 적이 있을 것이다. 과거로 돌아갈 발판을 없애서 뒤를 돌아볼 수 없도록 하는 극단적인 방법이다. 그 모습에서 결사항전의 각오를 느낄 수 있다.

　나는 이 네 가지 전략으로 행동력을 높여왔다. 행동력을 높이기 위해서는 이처럼 자신에게 맞는 전략을 찾아야 한다. 그래야 자신에게 맞는 핵심 전략을 세우고 행동력을 높일 수 있다.

소소한 성취로
자기 확신을 더하라

자존감이 강한 사람은 자기 확신이 크다. 자존감이 강한 사람일수록 삶에 대한 만족도도 높다. 자신에 대한 믿음과 확신은 자존감을 높인다. 자신에 대한 믿음이 있으면 타인의 의견보다 자기 생각을 중요하게 생각한다. 자신에 대한 믿음은 기대했던 목표를 이루었을 때 생겨난다. 힘든 과정을 인내하고 노력한 결과 기대목표를 성취했을 때 자기 확신도 커지기 마련이다. 성취감이 자존감을 높여주기 때문이다.

이 자존감은 성격의 문제가 아니다. 삶을 바라보는 관점의 문제다. '하루'는 크고 작은 일들이 만들어낸 시간의 집합체다. 하루가 모여 한 달이 되고, 한 달이 모여 1년이 되고, 1년이 모여 일생이 된다. 자기 확신을 갖기 위해서는 일생을 거쳐 활용할 자신만의 전략이 필요하다. 그렇다면 어떻게 자신만의 전략을 세워야 할까?

첫째, 자신만의 성취 기준을 가져라.

성취감을 더 자주 느끼기 위해서는 나만의 성취 기준이 있어야 한다. 다른 사람의 기준에 맞춘다면 그 과정은 고통이 된다. 설령 그 목표를 달성한다 해도 자존감으로 이어질 수 없다. 그런 태도로는 성취의 기쁨이나 자기 확신을 얻을 수 없을뿐더러 그저 경쟁에서 살아남기 위한 고통만 느낄 뿐이다. 나만의 의미를 찾을 때 삶을 오롯이 자신의 것으로 만들 수 있다. 어느 누구도 내 인생을 대신 살아줄 수 없다. 책임질 사람은 오직 자신뿐이다. 자신의 가치를 알아주는 이 또한 오로지 자신뿐이다. 삶의 기준을 자신이 정하고 실행할 때 진정한 삶을 살 수 있다.

둘째, 성취 기준을 낮게 잡아라.

성취 기준을 낮게 잡으면 작은 일에도 성취감을 느끼게 되어 매 순간 기쁘고 행복할 수 있다. 그러면 하루하루가 자신감 넘치는 날들이 된다. 만약 당신이 성취감보다 패배감을 더 많이 느낀다면 자신의 성취 기준을 살펴볼 필요가 있다. 성취 기준을 너무 높게 잡아서 자신을 괴롭히는 것은 아닌지, 자신이 행복해질 수 없도록 강요하고 있지는 않은지 점검해보아야 한다. 성취 기준이 높을수록 성취하는 데 많은 시간이 걸린다. 성취 기준을 낮춰서 더 자주 성취감을 느낌으로써 자신을 신뢰할 수 있어야 한다. 자신을 신뢰하면 자신감과 자존감을 얻을 수 있다. 그러기 위해서는 자기 확신을 높일 수 있는 전략을 세워야 한다.

나는 교사 초년기에 성취감이 없고 자존감도 낮았다. 우리 반은 항상 시끌벅적하고 질서도 지키지 않을뿐더러 제각기 행동한 반면, 옆 반 아이들은 조용하고 일사분란하게 움직였다. 하루는 아이들에게 내가 무섭지 않느냐고 물어봤더니 하나도 무섭지 않다고 싱글거리며 대답했다. 그러니 시끄럽고 말을 안 들을 수밖에. 옆 반과 우리 반이 비교되었다. 무엇이 문제인지 답답했고, 상대적 패배감이 느껴졌다. 교대생 시절 강요보다는 자발적이고 자율적인, 민주적인 학급 운영을 하고 싶었다. 그 속에서 교사도 아이들도 성장하기를 꿈꾸었는데 현실은 이상과 멀기만 했다.

교사와의 관계가 민주적일수록 아이들은 자유롭기 마련이다. 민주적인 학급 운영을 하려면 아이들이 스스로 규칙을 정하고 지켜나갈 수 있도록 해야 한다. 아이들이 자발성을 키우고 성장할 수 있도록 이끌어주는 노련함과 인내가 필요하다. 그런데 아이들은 즐거운 반면 교사인 나는 감당하기가 힘들었다. 민주적 학급 운영이 문제인지, 아이들이 문제인지, 내가 문제인지 혼란스러웠다. 경험 없이 마음만 앞섰던 때였다.

그 당시 학교는 경직되어 있었다. 경쟁과 권위가 더 강조되고, 반 평균 성적을 비교하던 때였다. 학급 평균 점수와 아이들의 태도로 교사의 능력이 평가되었다. 그 잣대로 이루어진 평가는 열등감과 패배감으로 이어졌다. 성취 기준을 타인의 기준에 맞추다보니 성취감을 느낄 수 없었다.

요즘 교육 현장은 교사의 독립성이 어느 정도 보장되고 교육 과정과 학급 운영에 대한 교사의 재량권도 전보다 커졌다. 나는 첫 시간을 그림동화 읽기로 시작한다. 이를 통해 아이들과 마음으로 소통한다. 공부에 관심이 없는 아이들도 이 수업은 즐겁게 참여한다. 나도 아이들도 성취감을 느끼는 시간이다. 물론 아이들과의 생활이 항상 즐거운 것만은 아니다. 그럼에도 아이들과 있으면 행복하다. 교사들이 살아가는 힘이다. 소소한 기쁨과 성취감이 자신에 대한 확신을 주기 때문이다.

나는 매일 내가 원하는 하루, 이루고 싶은 하루를 창조한다. 잠자리에서 일어나면 내가 원하는 하루를 그린다. 좌선한 채 마음속으로 하루를 선언한 후 눈을 감고 그것을 이미지화한다. 이를 통해 소소한 성취를 맛본다. 궁극적으로 행복의 열쇠는 자기가 가지고 있다. 자기가 만든 기준에 따라 행복은 얼마든지 가능하다. 나는 전보다 기쁨과 사랑으로 살아가는 자신을 발견하고 있다. 아침에 자전거를 타고 출근하면서 만나는 들꽃과 바람이 싱그럽기 그지없다. 반가워하는 사람들도 반기는 아이들도 사랑스럽다. 이처럼 매 순간 느끼는 소소한 성취감은 기쁨과 행복을 선물한다.

성취의 목표를 작게 잡으면 항상 기쁨을 느낄 수 있다. 특별할 것 없는 하루라도 자세히 들여다보면 작은 성취들로 가득하다. 순간순간 기뻐할 것이 있다. 당연시했던 햇살도 공기도 사람들도 감사하게 느껴진다. 드라마 〈도깨비〉에서 주인공을 맡은 공유는 사랑하는 여인에게 이렇게 말한다.

"너와 함께한 시간 모두 눈부셨다. 날이 좋아서, 날이 좋지 않아서, 날이 적당해서 모든 날이 좋았다."

나는 살아온 날들이 감사하다. 그래서 나에게 말한다.

"비가 와서 좋았고 햇살이 있어서 좋았다. 나와 함께한 모든 날이 좋았다."

나에게 하는 말들이 기쁨에 일렁인다. 삶이 주는 선물이다.

나를 자유롭게 하는
삶의 기술을 연마하라

자유는 내 평생의 화두다. 나는 자유를 갈망하고 숙고했다. 나는 자유롭지 못했다. 나를 자유롭지 못하게 하는 것들이 너무 많았다. 세상의 기준으로 나를 평가했기에 바람에 펄럭이는 깃발처럼 살았다. 사회의 가치관과 생각들이 나를 통제하고 있었다. 사회의식과 해소되지 않은 과거의 감정들이 나를 옭아맸고, 결핍과 피해의식, 자기 연민과 자기 비하의 감정들이 나 자신을 억누르고 있었다. 자유를 열망하지만 자유로워지는 방법을 알지 못했다. 마치 뜨거운 화로를 머리에 이고 있는 것 같았다. 나는 자유롭고 싶었다. 바람에 나부끼는 깃발이 아닌 바람이고 싶었다.

과거의 감정들로부터 자유롭고 싶어서 나는 살아온 지난날을 생각하고 또 생각했다. 삶의 목적과 이유에 대해 찬찬히 돌아보았다. 그 결과 내가 지난날 선택한 삶이 지혜를 얻는 과정이었음을 비로소 알게 되었다. 삶을 바라보는 관점이 바뀌자 지난날이 이해가 되었다. 이해한 만큼 나를 용서하고 사랑할 수 있게 되었다. 그리고 진정 자유롭기 위해서는 몇 가지 기술을 연마해야 한다는 것도 알게 되었다. 여러분도 이 기술을 연마해서 자유의 길로 나아가기 바란다.

첫째, 자신을 사랑하라.

자신을 사랑하는 것이 당신을 자유롭게 할 것이다. 자기 사랑은 스스로를 허용하는 것이다. 느끼고 생각하는 것을 허용하는 것이다. 엉뚱한 생각이 들더라도 그 생각을 허용하라. 생각은 또 다른 생각으로 이어진다. 그 생각들을 따라가다 보면 자신이 추구하는 지점을 찾을 수 있다. 현실과 맞지 않는다는 생각이 들더라도 허용하라. 삶을 풍요롭게 해주는 예술과 발명품들은 엉뚱한 생각의 산물이다. 엉뚱한 상상들이 인류의 문명을 발전시켜 왔다.

토마스 크바스토프는 독일의 바리톤 성악가다. 장애를 안고 태어난 그는 132cm의 작은 키에 팔도 짧고 오른쪽 손가락은 4개, 왼쪽 손가락은 3개뿐이었다. 이런 탓에 피아노 연주는 불가능했고 하노버 음악원에 입학하는 데도 실패했다. 그는 결국 법과 대학에서 공부한 뒤 은행과 라디오 방송국을 다녔다. 그러나 성악가의 꿈을 결코 포기하지 않았다. 그 꿈을 포기하지 않고 노력한 결과 그는 독일 최고의 바리토너가 되었다. 그는 타인의 기준이 아닌 자신의 기준으로 살았으며, 비관하지 않고 자신을 사랑했기에 그 꿈을 이룰 수 있었다.

몸이 움직이고 활동하려면 물질적 양식이 필요하듯이 마음도 느낌과 생각의 양식이 필요하다. 느끼고 생각할 때 마음은 죽지 않고 살 수 있다. 자신의 느낌과 생각을 자유롭게 허용하는 것이야말로 자신에 대한 진정한 사랑이라고 할 수 있다. 자신에게 느껴지는 것을 허용하면 생각이 자유로워진다. 그러니 느낌과 생각이 연결되는 것을 허용하라. 떠오르는 생각들을 제한하지 않고 허용할 때 자유로워질 수 있다. 마음에서 일어나는 열망을 허용하라. 그것이 진정으로 자아를 사랑하는 길이다.

둘째, 자신을 용서하라.
나는 스스로를 이해하지 못했다. 과거의 선택들이 이해되지 않았다. 자신을 책망하고 타인을 원망하는 마음이 나를 괴롭혔다. 자유롭지 못한 이유가 무엇인지 오랫동안 생각했다. 나 자신을 책망하는 마음이 자책감에 빠지게 했고, 피해의식과 자기 연민 때문에 가해자에 대한 미움과 증오가 나를 괴롭힌다는 것을 알았다. 가해자와 피해자로 세상을 보는 것에서 고통이 시작되었음을 깨달았다. 이 관점이 고통에서 빠져나올 수 없는 싱크홀을 만들고 있었다. 내가 내 삶을 선택했듯이 그들 또한 그들의 삶을 선택했을 뿐인데 말이다. 모두가 자신의 숙제를 풀기 위해 그 삶을 선택하고 살았을 뿐이다. 그러고 나니 그 삶을 선택했던 나의 과거를 용서할 수 있었다. 평온해지기까지는 정말 많은 시간이 필요했다.

한동안 나를 괴롭힌 것은 피해의식과 두려움이었다. 해직 과정에서 겪은 고통과 상처로 너무 힘들었다. 그런데 그 상처가 채 아물기도 전에 사귀던 사람과 헤어졌다. 고통과 상실감은 더욱 커졌다. 힘든 시기였다. 해직되면서 교육청 직원과 학교 관리자, 학부모, 경찰들로부터 받았던 상처들이 감당이 안 되었다. 금방이라도 터질 것만 같은 서러움을 꾹꾹 누르며 지냈다. 쏟아질 것 같은 눈물을 참고 살았다. 주저앉으면 일어서지 못할 것 같아서 마음껏 울지도 못했다. 내가 선택한 길이었기에 가족들에게도 힘들다는 말을 할 수 없었다.

마지막으로 그를 만나고 돌아오는 길은 쓸쓸하고 외로웠다. 그에게 열두 장의 긴 편지를 보냈다. 오랫동안 만나면서 느꼈던 생각들을 써 내려갔다. 연인과 동지로 함께했던 시간들을 정리하고 싶었다. 편지에 쓴 내 생각이 맞는다면 답장을 하지 않아도 된다고 썼다. 그는 답장을 하지 않았다. 우리는 그렇게 헤어졌다.

20여 년이 지난 어느 날 우연히 그를 만났다. 해인사 3층 석탑 앞에 서 있던 그는 많이 변해 있었다. "안녕, 오랜만이네!' 라고 인사했다. 왜 답장하지 않았는지 묻지 않았다. 웃으며 "잘 살아" 라는 말을 하고 헤어졌다. 한동안 잊고 살았던 그때의 기억이 되살아났다. 이해할 수 없었던 당시의 감정들이 떠올랐다. 만남과 헤어짐에 대해 생각했다. 만남과 헤어짐은 서로 얽힘이다. 각자가 깨달아야 할 지점에서 만나고 헤어졌음을 알았다. 해직 과정에서 만났던 그 모든 사람도 그저 자신의 길을 가고 있었음을 깨달았다. 그러자 비로소 그것을 선택한 나 자신을 용서할 수 있었다. 상처와 피해의식에서 자유로워질 수 있었다.

셋째, 타인의 시선에서 자유로워져라.

아무도 간섭하지 않는 곳에 있어도 우리는 자유롭지 않다. 내면의 의식들이 끊임없이 스스로를 감시하고 통제하기 때문이다. 우리는 태어나고 자라면서 만들어진 사회의식들을 받아들인다. 그렇게 사회에서 배우고 요구하는 규범들이 자신의 생각과 판단을 통제한다. 그 기준들은 우리의 판단과 선택에 막대한 영향을 준다. 그것들은 나를 자유롭지 못하게 하는 프로그램들로 내 안에 있는 타인의 시선이다. 내가 의지를 갖고 저항하지 않으면 만들어진 프로그램대로 살아가게 된다.

우리가 자유롭지 못한 것은 타인이 나를 이상한 사람으로 볼 것 같아 두렵기 때문이다. '별나면 고생한다', '모난 돌이 정 맞는다', '왜 혼자만 튀는 행동을 하는 거니? 그냥 남들처럼 살아라'와 같은 말들은 남들의 시선을 두려워하는 마음에서 나온 것이다. 그러나 진정한 자유는 남들의 시선을 의식하지 않을 때 가능하다. 돈키호테라는 말을 들을지라도 자신의 느낌과 생각으로 살아갈 때 자유로울 수 있다.

우리는 행복한 삶을 원한다. 행복은 희망하는 일이 이루어질 때, 원하는 일을 할 때, 사랑하는 사람들과 함께 있을 때 소소한 일상에서 느껴지는 기쁨의 감정이다. 우리는 자유로울 때 비로소 기쁨과 행복을 느낄 수 있다. 누구나 행복을 원하고 자유를 갈망한다. 그러나 자유는 쉽게 얻어지지 않는다. 자유로워지기 위해서는 자신을 자유롭지 못하게 하는 의식들과 힘껏 싸워야 한다. 타인의 기준으로 제한하는 내 안의 사회적 자아와 맞서야 한다.

실패를 지혜로 바꿀
'실패노트'를 써라

오랫동안 책장에 쌓아두었던 일기를 꺼내 읽었다. 보면서 '아, 그때는 그랬구나. 참 순진했네!'라는 생각이 들었다. 순수했던 그 시절을 생각하니 웃음이 나왔다. 읽다보니 잊고 있었던 기억들이 생생하게 떠올랐다. 중학생 시절 학교 뒤편 묘지 잔디밭에서 보았던 하늘 위의 구름과 바쁘게 날아다니던 잠자리들이 홀로그램처럼 나타났다. 기억은 정말 신기하다. 40년이라는 긴 세월이 흘렀건만 그날의 기억들이 생생하게 떠오른다. 우리의 뇌는 감정으로 기억한다고 한다. 추억을 떠올리면 그때 느꼈던 감정이 떠오른다. 뇌의 기억 방법이다.

나의 두 아이는 사진첩 보는 것을 좋아한다. 갓난아기 때부터 성장하는 모습이 고스란히 담겨 있는 사진첩을 보면서 어린 시절 추억에 대해 이야기하는 것을 좋아한다. 친구들과 뛰놀던 어린 시절 사진들을 보며 행복에 젖는 것 같다. 그 모습을 보면 나도 행복하다.

내가 자란 1970년대에는 사진이 귀했다. 사진을 찍으려면 사진사를 불러야 했다. 아버지는 사진 찍는 걸 좋아하셔서 운동회 때면 사진사를 불렀다. 삼각대에 사진기를 세우고 불빛이 번쩍하면 사진이 찍혔다. 사진을 찍을 때마다 사람들은 빙 둘러서서 우리를 구경했다. 사람들과 친구들이 보는 게 부끄러웠다. 사진을 왜 찍는지 이해할 수 없었다. 그때 사진을 보면 매스게임 치마를 입고 단발머리에 어색한 표정을 지은 내 모습이 우습다. 오래된 흑백사진을 보면 여전히 젊으신 부모님과 어린 우리 남매가 있다. 돌아가신 아버지와 먼저 간 동생이 그대로 있다. 사진을 보면 아련했던 기억이 되살아난다. 사진 속 그 시절이 그립다.

인류의 문명은 전해 내려오는 이야기와 기록들을 통해 이어져 왔다. 지금 사람들은 남아 있는 유물과 기록들로 문화의 발달 과정을 가늠한다. 유물과 기록은 정확한 정보를 전달해준다. 특히 기록은 중요한 문화적 유산으로, 문명의 지식을 전수하는 역할을 해왔다.

개인의 일기나 사건 기록들도 그 시대의 문화적 기록이다. 일기는 개인적 삶의 기록이자 경험에서 얻은 지혜의 기록물이다.

많은 자기계발서가 성공을 위한 방법으로 감사일기 쓰기, 긍정일기 쓰기, 버킷리스트 쓰기 등을 이미 많이 언급했다. 그러나 실패를 지혜로 바꾸는 '실패노트'에 대해서는 거의 다루지 않고 있다. 대부분의 사람들은 실패를 기록하는 것을 그다지 선호하지 않는다. 실패가 주는 쓰라린 패배감 때문이다. 실패를 분석하고 검토하는 것은 매우 고통스럽다. 자신을 책망하는 마음 때문에 실패를 기록하는 것 자체가 힘들다.

그러나 나는 인생에서 본질적으로 실패는 없다고 생각한다. 매 순간 경험을 통해 지혜를 얻을 뿐이다. 실패는 패배가 아니다. 성공의 자산이다. 실패를 경험했을 때 더 많은 지혜를 얻을 수 있다. 실패의 경험을 지혜로 바꾸기 위해서는 그 이유를 분석하고 숙고해야 한다. 그 경험에서 지혜와 깨달음을 얻어야 한다. 선택 동기와 실패 원인은 밀접하게 관련되어 있다. 실패의 원인을 자신의 부정적인 생각 때문이라고 보는 것은 단편적인 판단이다. 부정적인 생각은 그저 한 측면일 뿐 본질적인 문제가 아닐 수 있다. 그보다는 자신의 관심과 열망의 정도가 성공과 실패에 영향을 준다. 더 근본적인 이유는 삶의 목적과 동기인 것이다.

실패는 변화를 이끌고 발전할 수 있는 도약의 기회다. 깊은 성찰을 통해 자신을 이해할 수 있기 때문이다. 지혜는 경험에 대해 고민하고 숙고할 때 얻어진다. 살면서 같은 종류의 실패를 반복할 때가 있다. 그 이유는 그것을 제대로 이해하지 못했기 때문이다. 명확한 인식이 없으면 똑같은 경험을 반복하게 된다. 실패했다면 과정 속에서 무시하고 지나쳤던 것들을 세심히 되짚어보아야 한다. 이제껏 알지 못했던 자신의 새로운 면을 발견할 수 있기 때문이다. 정확히 이해할 때 비로소 지혜가 생기는 법이다. 실패를 기록해야 하는 이유다.

실패노트는 곧 '지혜노트'다. 지혜를 얻어가는 과정을 기록하는 일기장이다. 실패노트는 어려운 프로젝트나 다짐노트가 아니다. 실패를 통해 알게 된 사실, 생각과 느낌을 진솔하게 쓰는 기록장이자 자신과의 대화 노트다. 자신의 생각을 쓰는 것만으로도 감정이 해소되고 생각을 정제시켜 준다. 실패노트에는 생각, 행동, 계획을 기록하면 된다. 어떤 일을 시작했을 때의 생각과 계획을 기록하고, 어떤 행동들을 했으며 어떤 결과가 나왔는지를 적으면 된다. 그러기 위해서는 실패에 대한 관점을 바꿔야 한다. 실패를 두려워하지 말고 실패에 관대해야 한다. 실패를 성장의 과정으로 보고 시행착오를 받아들여야 한다.

"네 소원이 무엇이냐 하고 하나님이 내게 물으시면 나는 서슴지 않고 내 소원은 대한 독립이오 하고 대답할 것이다. 그다음 소원은 무엇이냐 하면 나는 또 우리나라의 독립이오 할 것이다. 또 그다음 소원이 무엇이냐 하면 나는 셋째 번 물음에도 더욱 소리 높여서 나의 소원은 우리나라 대한의 완전한 자주독립이오 하고 대답할 것이다."

김구 선생의《나의 소원》의 일부다. 독립투사이자 임시정부 주석이었던 백범 김구 선생을 모르는 사람은 없을 것이다. 황해도 해주지방에서 태어나 평생을 독립운동에 투신했던 김구 선생이 임시정부 시절에 쓴 일기 형태의 기록물이 바로 백범일지다. 1924년에서 1945년까지 써 내려간 일기는 상권은 아들에게 말하는 형식으로, 하권은 독립운동에 대한 일들로 기록되어 있다.

백범일지는 잔혹한 일제강점기에 처절했던 독립운동의 현실을 기록한 중요한 기록물이다. 그 중요성이 인정되어 1994년에 국가보물로 등록되었다. 백범일지를 보면 그의 숭고했던 독립투쟁의 발자취를 따라가 볼 수 있다.

식사도 끝나고 시계가 일곱 점을 친다. 윤군은 자기 시계를 꺼내어 주며 '이 시계는 6원을 주고 산 시계인데 선생님 시계는 2원짜리니 제 것하고 바꿉시다. 제 시계는 앞으로 한 시간밖에는 쓸데가 없으니까요' 하기로 나도 기념으로 윤군의 시계를 받고 내 시계를 주었다. 식장을 향하여 떠나는 윤군은 자동차에 앉아서 소지한 금전을 꺼내어 나의 손에 들려준다.

"왜 돈을 좀 가지면 어떻소?"

"아닙니다. 자동차 삯 주고도 5, 6원은 남겠습니다."

자동차가 움직였다. 나는 목이 멘 소리로 '후일 지하에서 만납시다' 했더니 윤군은 차창으로 고개를 내밀어 나를 향해 숙였다. 자동차는 크게 소리를 지르며 천하영웅 윤봉길을 싣고 홍구공원을 향해 달렸다.

백범일지의 한 부분으로 거사를 떠나기 전 윤봉길 의사의 마지막 모습을 기록한 내용이다. 일지에 기록된 대화를 통해 그들의 의지와 인간적인 마음이 그대로 느껴진다. 이처럼 백범일지는 처절했던 독립투사들의 발자취를 알 수 있는 소중한 기록이다.

이렇게 일기는 시간과 사건을 기록하는 개인 삶의 기록장이다. 그러나 그것이 역사의 중심에 있을 경우에는 중요한 자료가 된다. 대표적인 예로 난중일기와 안네의 일기를 들 수 있다. 우리는 그들의 일기를 통해 사회와 역사적인 상황을 알 수 있다.

일기장은 개인의 삶의 기록인 동시에 꿈의 공간이다. 실패노트 또한 개인의 경험을 기록하는 성장의 공간이다. 실패에 대한 이유와 생각, 앞으로의 계획을 기록한다면 성장의 발자취를 담은 기록장이 될 것이다. 실패노트를 기록하는 목적은 실패에 대해 자책하는 것이 아니다. 실패에 대한 느낌과 생각을 쓰는 것이다. 가슴에 가득 찬 감정은 쓰는 것만으로도 해소가 된다. 그것만으로도 조금은 가볍게 자신을 볼 수 있고, 생각지도 못했던 것들을 알게 된다.

실패노트를 쓰면 새로운 생각을 하는 자신을 발견할 수 있다. 이것이야말로 성장했다는 명확한 증거가 된다. 보지 못했던 것, 생각하지 못했던 것을 보고 생각하는 것만으로도 이미 한 뼘은 성장한 것이다.

06
고유한 경험과 깨달음을
글로 남겨라

예전에는 해가 바뀌면 새로 달력과 수첩을 마련했다. 중요한 메모나 약속을 기록했던 수첩은 그해 삶의 기록장이었다. 그런데 언제부터인가 수첩 문화가 사라졌다. 스마트폰이 일반화되고 블로그나인스타그램, 페이스북과 같은 간편한 기록 문화로 대체되면서 손으로 쓰는 문화가 점점 실종되고 있다.

우리는 매일 많은 것을 경험하며 살아간다. 매 순간 느끼고 생각하며 새로운 깨우침을 얻는다. 끊임없이 생각을 하는 뇌는 멈추지않고 돌아가는 인체 컴퓨터라고 할 수 있다. 자동으로 프로그램 된

컴퓨터처럼 멈추지 않고 생각을 연결하고 확장해나간다. 생각은 회로판에 흐르는 전기와 같다. 의식의 흐름인 생각은 절대 멈추지 않는다. 멈추는 것처럼 느껴지는 순간은 오히려 강력한 몰입의 순간이다. 생각이 멈춘 것이 아니라 높은 차원의 생각에 도달했을 때, 즉 다른 차원의 상태에 있을 때다.

끊임없는 생각들로 인해 떠오른 멋진 아이디어조차 우리는 이따금 지나치고 만다. "유레카!"라고 외칠 수 있는 그 순간도 잡지 않으면 지나가고 만다. 그렇기 때문에 그것을 기록하는 것이다. 기록은 기억을 재생시켜 주는 생각의 연결 튜브인 것이다.

오래전 창의력 신장을 위한 디자인 연수에서 색다른 지식을 배웠다. 디지털, 광고, 산업디자인 전문가들로 이루어진 색다른 강의였다. 그중에서도 홍익대학교 미대 교수님의 강의는 참 독특했다. A4 용지를 작게 접어 주머니에 넣고 다니면서 순간 떠오르는 생각을 그림으로 남기거나 메모를 한 후 그것을 공책에 기록하게 했는데, 단어와 그림을 통합하면 하나의 메시지가 만들어졌다. 매우 간편하고 효율적이었다. 그 결과 교수님과 함께 국내외 환경보호에 관한 창의적인 광고 문구를 만들 수 있었다. 이처럼 메모로 순간의 아이디어를 붙잡아 연결하면 새로운 것들을 개발할 수 있다. 인상 깊은 핵심 단어를 기록하는 것만으로도 우리는 생각의 줄기를 되살릴 수 있다.

몇 달 전부터 나는 오래전에 만들어놓고 묵혀두었던 블로그에 글을 쓰고 있다. 그날 있었던 소소한 이야기나 일상의 깨달음은 물론 학교에서 아이들과 함께 했던 활동이나 체험학습을 사진과 함께 올리고 있다. 시간이 지나도 그 글을 읽으면 그날 일이 다시금 떠오르고 생각이 자연스레 확장되는 것을 느낄 수 있다.

사람들은 자기가 살아온 삶이 소설책 몇 권은 될 거라고 말하곤 한다. 그 말에 동의한다. 모든 이가 경험하며 깨우친 지혜는 진주와 같다. 지혜는 삶의 경험을 통해 얻는 진주다. 그러나 그런 지혜를 잘 묶어서 세상에 내놓아야 비로소 보배가 될 수 있다. 각자가 살면서 깨달은 지혜를 공유한다면 세상은 더 밝아질 것이다. 누구나 쓸 수 있고 할 수 있다. 꼭 도전해보기 바란다.

서점에 가면 새로운 유형의 많은 책을 접할 수 있다. 과거에 책 출간은 교수나 전문가의 영역이었다. 그러나 최근에는 평범한 일반인들이 자신의 경험과 깨달음을 책으로 펴낸 자기계발서가 출판의 한 부분을 차지하고 있다. 그들의 책이 인기 있는 이유는 누구나 할 수 있다는 공감대 때문일 것이다. 이처럼 자신만의 경험과 정보가 상품이 되는 시대다.

최근 읽은 백세희 작가의 《죽고 싶지만 떡볶이는 먹고 싶어》도 그런 종류의 책이었는데, 자신의 삶을 담담하게 그려내 많은 공감과 위로를 받았다. 책에 이런 구절이 나온다.

"왜 사람들은 자신의 상태를 솔직히 드러내지 않을까? 너무 힘들어서 알릴 만한 힘도 남아 있지 않은 걸까? 난 늘 알 수 없는 갈증을 느꼈고 나와 비슷한 사람들과의 공감이 필요했다. 그래서 그런 사람들을 찾아 헤매는 대신 내가 직접 그런 사람이 되어보기로 했다. 나 여기 있다고 힘차게 손 흔들어보기로 했다. 누군가는 자신과 비슷한 내 손짓을 알아보고 다가와서 함께 안심할 수 있었으면 좋겠다."

작가는 책을 쓴 동기에 대해 "나처럼 겉으로 보기에는 멀쩡하지만 속은 곪아 있는, 애매한 사람들이 궁금했다", "별일이 없이 사는데 마음이 허전한 것에 대해 직접 드러내놓기로 했다"고 말했다. 작가는 책을 통해 자신의 아프고 힘들었던 경험을 세상에 내놓았다. 힘들어도 힘들다고 말할 수 없는 사람들에게는 자신과 같은 사람이 있다는 것만으로도 위로가 된다.

우리는 왜 서로에게 의지가 되는 것일까? 현대인들의 고독은 소외감에서 비롯된 것이다. 공감할 수 있는 사람이 아무도 없는 외로움과 고통 말이다. 그래서 마음을 열어 이야기하고 누군가가 들어주는 것만으로도 위안을 얻는다. 답을 가르쳐주기를 원하는 것이 아니다. 그저 들어주는 것만으로도 살아갈 힘을 얻는다.

사람들은 저마다 고유한 경험이 있다. 경험한 것을 글이나 책으로 쓰다보면 인식하지 못했던 것을 깨달을 수 있고 자신에 대해 더 많은 것을 알게 된다. 경험에서 지혜를 얻어가는 과정이다. 어디 그뿐인가. 다른 사람들에게도 도움이 된다. 요즘은 필요한 정보를 언제 어디서나 얻을 수 있는 시대다. 정보가 필요하면 인터넷 검색만으로도 쉽게 찾을 수 있다. 블로그나 지식 공유 사이트에 내가 알고 있는 지식이나 정보를 올리면 누군가가 그 경험을 공유하고 소통할 수 있다. 이를 통해 새로운 변화 또는 성장의 기회를 얻을 수도 있다. 그러니 머뭇거리지 말고 지금 당장 당신의 고유한 경험과 깨달음을 글로 써보라.

07

누군가의
멘토가 되어라

시간은 선형적인 혹은 단계적인 것처럼 보이지만 엄밀히 따지면 동시에 존재한다고 생각한다. 꿈을 꿀 때 시간과 공간의 이동이 동시에 일어나듯이 본질적으로 시간과 공간도 그런 것 같다. 현대 물리학자들도 시간은 흘러가는 것이 아니라 존재할 뿐이라고 본다. 오늘은 과거의 생각의 결과이고, 오늘의 생각은 미래를 만들어간다. 과거, 현재, 미래가 일련의 과정인 것이다. 산다는 것은 생각을 표현하고 경험한 후 다시 생각을 만들어가는 반복적 행위다. 하고 싶은 일을 생각하고 이루어가는 것이 곧 삶인 것이다.

우리는 어린 시절 누군가를 동경하며 성장했다. 동경하던 사람은 삶의 지표였다. 그 사람이 곧 멘토라고 할 수 있다. 대부분 그런 사람이 있을 것이다. 역사 속 인물이나 유명인이 아니라도 본받고 싶은 사람이 있다면 그 사람이 멘토다. 꿈이 바뀌면 삶의 지표도 바뀐다. 초등학교 시절 가수를 꿈꿀 때는 유명한 가수가 멘토였고, 무용수를 꿈꾸었을 때는 무용수가 멘토였다. 원불교 출가를 꿈꾸었을 때는 원불교 교무선생님이 나의 멘토였다.

젊은 시절 부처님과 간디, 루 살로메와 혁명가들이 나를 이끌어준 멘토였던 때가 있었다. 나도 그들처럼 살고 싶었다. 그들을 보며 삶의 이유와 의미에 대해 생각했다. 온갖 고난과 시련에도 불구하고 자신이 추구했던 이상이 현실이 되기까지 포기하지 않았던 그들의 의지와 끈기는 감동 그 자체였다. 불꽃처럼 살았던 그들의 모습에서 위대한 승자의 모습을 본다.

나는 진정으로 자유로운 삶을 살기 위해 진리를 찾아 헤맸다. 그 답을 알려줄 스승을 만나고 싶었다. 그 당시 만났던 스승들은 나의 멘토였으며, 책 또한 많은 가르침을 주었다. 불꽃처럼 살아갔던 의로운 사람들과 깨달은 존재들이 나를 이끌어주었다. 지금 현재 나를 이끌어주는 스승은 '깨달은 자 람타'다. 답을 찾아가는 사람에게는 모든 존재가 스승이 될 수 있다.

나와 마찬가지로 자신의 삶에서 답을 찾는 사람들이 있을 것이다. 그들에게 조금이나마 도움을 준다면 당신도 이끌어주는 사람, 멘토가 될 수 있다. 멘토가 된다는 것은 그들뿐 아니라 자신의 성장에도 도움이 된다. 생각을 나누는 과정에서 개념이 명확해지고, 이를 언어로 표현하는 과정에서 생각을 통합하는 능력도 발달한다. 그렇게 본다면 멘토는 생각, 즉 메시지를 전하는 메신저라고 할 수 있다.

학생들을 가르치면서 가장 힘들었던 분야가 있는데 바로 성교육이다. 요즘은 성교육이 교육 과정에 포함되어 있지만 20년 전만 해도 성교육에 대한 제대로 된 메뉴얼조차 없었다. 자라면서 성교육을 받은 적도 거의 없었다. 초등학교와 중학교 때 한두 번, 고등학교 가정 시간에 기초적인 성교육을 받았을 뿐이다. 초등학교와 중학교 시절의 성교육은 여자 선생님이 해주셨다. 남학생들은 밖으로 내보내고 여학생들만 모아서 교육했다. 가장 기초적인 생리대 사용법이나 청결을 유지하는 방법 정도가 전부였다.

10년 전까지만 해도 우리 사회는 성을 드러내놓고 말하는 것을 꺼렸다. 그 결과 성인 사이트 시장만 커졌다. 이는 청소년뿐 아니라 어른들까지 성에 대한 왜곡된 생각을 갖게 했다. 요즘은 유치원에서 고등학교까지 체계적으로 성교육을 하고 있다. 다양한 프로그램이 개발되어 연령에 맞게 운영되고 있으며, 공영방송에서도 성교육이 방영되고 있다. 다행히 성이 공론의 장으로 나오고 있다.

우리 사회에서 이렇게 성에 대한 인식이 바뀌기까지는 많은 사람들의 노고가 있었다. 그중에서도 구성애 대표는 성교육의 선구자라고 할 수 있다. '아우성 성교육'을 통해 성교육 분야에 새로운 바람을 불러일으켰으며, 학생들에게 성교육을 어떻게 해야 하는지 지침을 제시해주었다. 멘토 한 사람이 사회에 어떤 영향을 미치는지 보여주는 좋은 사례라고 할 수 있다.

이처럼 멘토 한 사람의 고유한 경험이나 지혜, 철학은 동시대는 물론 후대를 사는 사람들에게 도움을 줄 수 있다. 처음 걸어간 사람의 발자국은 그 뒤를 따라가는 사람의 길잡이가 된다. 각자가 살아온 경험은 이렇듯 소중하다. 그 경험은 필요로 하는 사람에게 중요한 정보가 된다.

세상에는 많은 메신저들이 있다. 그중 대표적인 인물로 브랜든 버처드가 있다. 버처드는 미국의 유명한 동기부여가다. 그는 다른 사람들이 삶의 동기를 되찾고 새로운 인생을 살도록 돕는 메신저의 삶을 살고 있다. 그는 메신저의 중요성을 이렇게 말한다.

"대단히 뛰어나지 않아도 된다. 모든 것을 잘할 필요도 없다. 하찮게 생각해온 당신의 경험, 이야기, 메시지는 수많은 사람들이 목말라하는 가치다. 당신의 이야기는 당신이 생각하는 것보다 훨씬 더 어마어마한 가치를 갖고 있다."

그는 메신저의 역할은 무궁무진하며, 실제로 다양한 분야에서 메신저 활동이 이루어지고 있다고 말한다.

"TV 방송이나 유명 매체에 등장한 적은 없지만 수백 개의 분야에서 사람들에게 조언을 하고 그들이 각자의 인생에서 성공하도록 돕고 있다. 학생들이 학교 폭력의 위험에서 자신을 지키도록, 아기 엄마들이 상황에 맞는 직업을 구하도록, 은퇴를 앞둔 베이비부머들이 다음 단계를 준비하도록, 신혼부부들이 편하게 집을 구하도록, 사랑하는 사람의 죽음을 겪은 이들이 그 슬픔을 극복하도록, 의사가 환자들을 더 잘 보살피도록, 살찐 사람들이 건강한 생활방식을 되찾도록, 중소기업 사장이 적은 비용으로 효과적인 마케팅을 하도록, 각종 자격증 시험을 한 번에 통과하도록, 연사들이 무대를 더 잘 장악하도록, 와인에 관심 있는 이들이 더 좋은 와인을 고를 수 있도록 인생의 다양한 국면을 헤쳐 나가는 자신만의 메시지를 통해 남들을 돕고 있다. 이처럼 당신도 당신의 메시지로 할 수 있는 일이 무궁무진하다."

최근 우리 사회는 블로그, 페이스북, 인스타그램 등을 통해 지식과 정보가 더욱 확장되고 있다. 이제는 언제 어디서나 필요한 정보를 얻을 수 있는 시스템이 갖추어졌다. 누구나 고유한 경험을 갖고 있다. 그러나 혼자 간직하는 경우가 많다. 나누지 않는 경험은 흙 속에 묻힌 진주일 뿐이다. 경험을 통해 얻은 지혜를 책이나 SNS로 세상에 내놓을 때 비로소 그것이 보배가 된다. 공유하면 더 성장하고, 다른 사람들과 소통하면 더 많은 지혜를 얻을 수 있다.

08

시행착오와 깨달음을
가치화하라

학교 풍경은 언제나 정겹다. 해맑은 아이들의 웃음소리가 좋고 생동감 넘치는 운동장이 좋다. 어린 시절 꿈이었던 교사가 되어 30년을 살았다. 그때 생각했던 좋은 선생이라는 꿈을 얼마나 이루었는지는 모르겠다.

학교생활이 얼마 남지 않은 나는 이제 새로운 꿈을 꾸고 있다. 살면서 겪었던 시행착오와 실패를 통해 얻은 지식을 프로그램으로 개발해서 브랜드로 만들고 싶다. 또한 세상과 소통할 준비도 하고 있다. '삶의 마스터 되기'라는 프로그램으로, 변화를 필요로 하는 사람들과 나누려 한다. 이를 통해 자신과 소통하는 방법, 삶을 디자인하는 방법을 전파하는 메신저가 되려 한다. 프로그램을 요약하면 다음과 같다.

삶의 마스터 되기 1: 자신과 소통하라

자신과 소통하기 위해서는 느낌과 생각을 세밀하게 바라보아야 한다. 느낌과 생각이 흐르는 대로 바라보고 허용하는 것이 자신과 소통하는 것이라고 할 수 있다. 나를 비난하지 않고 좋아하는 것을 인정하면 스스로에게 솔직해질 수 있다. 엉뚱한 상상을 하거나 새로운 것을 추구하는 나를 허용할 때 자신과의 소통이 가능하다.

매사가 풀리지 않을 때 괜찮다고 위로해주는 것도 필요하다. 현대인들은 자신을 바라볼 여유나 허용할 용기를 갖기가 어렵다. 자신의 마음을 인정하면 현실을 버틸 수 없을 것 같고, 억지로 버티는 마음을 허용하면 삶이 무너질 것 같은 두려움을 느낀다. 그러나 스스로를 힘들게 하는 것은 자신이다. 죽을 만큼 힘들어도 그것을 인정하지 않는다. 자신에게 진술하지 못한 만큼 스스로를 더욱 힘들게 한다. 자신에게조차 진실하지 못할 때 사람은 무기력해진다. 마음을 무시하고 허용하지 않으면 우울증이 오고 질병이 생기기 마련이다. 우리에게 필요한 것은 자신과의 소통이다. 그러나 방법을 모른다. 오늘날 우리의 교육은 마음과 관련된 것은 도외시하고 지식과 기능 중심으로 이루어지고 있기 때문이다.

자신과의 소통은 자신에게 솔직해지고 마음을 허용하는 것이 선행되어야 한다. 나 또한 내 마음을 허용하지 않았기에 몸과 마음의 병을 앓았다. 한때는 우울증과 대인공포증을 겪었다. 30대가 되어서야 극심한 고통 앞에서 나에게 솔직해졌다. 힘들어하는 나를 그대로 용납했다. 답을 찾을 수 없어 힘들어하는 나를 그대로 허용했다. 그때서야 비로소 나의 상태가 이해가 되었다.

누구든 자신에게 진실할 때 자신을 이해할 수 있다. 자신과 소통하기 위해서는 내 마음을 바라볼 시간이 필요하다. 고요히 앉아 마음과 생각이 흐르는 것을 그대로 바라보아야 한다. 이렇게 느껴지는 마음을 그대로 허용하고 자신에게 진실할 때 소통이 가능하다. 자신과 소통하기만 해도 삶은 매우 풍요로워진다.

삶의 마스터 되기 2: 삶을 디자인하라

아이들은 무엇인가에 깊이 빠지면 계속 관찰하거나 똑같은 놀이를 반복한다. 물놀이, 모래놀이, 레고 쌓기 등을 계속하면서도 지겨워하지 않는다. 어른들은 이해가 잘 안 되지만 아이들에게는 매우 중요한 시간이다. 아이들은 관찰과 놀이를 통해 세상을 알아가고 자신의 논리 체계를 세워나간다. 이는 지극히 정상적인 과정으로, 아이들이 하는 대로 그냥 놔두면 된다. 그런 행위를 통해 아이들은 느끼고 생각하며 자존감의 씨앗을 만들어가기 때문이다. 그것이 잘 다듬어지고 발현되면 자존감이 높은 아이가 된다. 따라서 아이를 키우는 부모나 교사들은 그 부분을 유심히 관찰하고 신중히 접근해야 한다.

어른들 또한 마찬가지다. 어떤 느낌이나 단어나 생각이 반복적으로 떠오르고 끌린다면 무시하지 말고 관찰해야 한다. 그 느낌과 생각에 집중하면 생각의 씨앗이 되어 또 다른 생각을 불러일으키게 된다. 그것이 반복되어 생각의 그물망을 만들면 자신만의 논리 체계를 세울 수 있다. 그러면 내 안에서 일어나는 생각들이 자연스레 삶을 만들어가게 된다.

스스로를 가장 잘 아는 사람은 자기 자신이다. 내가 무엇을 좋아하는지, 무엇을 하고 싶은지, 무엇이 힘든지, 무엇이 나를 힘들게 하는지 등에 대해 가장 잘 아는 사람은 자기 자신이다. 그런 나와 소통할 수 있는 사람도 자신이다. 마음을 알아차리고 마음과 소통하는 것을 통해 자신의 삶을 설계할 수 있다. 삶을 디자인한다는 것은 내가 원하고 갈망하는 삶을 꿈꾸고 설계하는 것이다. 당신은 당신 삶의 창조자다. 모든 삶은 기회이며 선물이다.

나는 살면서 수없이 실패하고 절망했다. 인간관계에서도 절망감을 많이 느꼈다. 그러나 절망은 새로운 기회였고, 삶은 내 편이었다. 실패와 시행착오를 통해 겪은 시련과 고통은 나를 성장시키는 동력이었다. 어둡고 긴 터널을 지나오면서 나는 보다 성숙해졌다. 요즘 들어 나와 소통하는 시간을 자주 갖는다. 짬을 내어 마음을 바라본다. 내가 원하는 삶, 그 삶을 조화롭게 가꾸는 방법, 그 속에서 하고 싶은 일들을 생각하고 이미지화한다. 이렇게 나는 매일 삶을 꿈꾸고 디자인한다.

몇 년 전《람타 화이트북》을 읽고 막힌 가슴이 뚫리는 느낌을 받았다. 람타는 "당신은 신이다. 당신이 모든 것을 창조했다. 우리가 여기 있는 이유는 카르마 때문이 아니다. 미지를 알기 위한 나의 선택이다. 삶의 목적은 미지를 알기 위한 것이지 업과를 갚기 위한 것이 아니다"라고 말하고 있었다. 그러자 코페르니쿠스적인 생각의 전환이 일어났다. 윤회는 업과의 대가를 치르기 위한 징벌이 아니라 미지를 깨닫기 위한 기회라는 것을 알 수 있었다. '나는 신이다.

내가 나의 삶을 선택하고 창조했다'는 사실을 이해하고 나니 결핍과 피해의식에서 벗어날 수 있었다. 어느 누구든 가해자와 피해자가 아니라 '미지를 알기 위해 선택했을 뿐이다'라는 말에서 나는 과거의 모든 실마리를 풀 수 있었다.

내가 미래를 선택하고 창조할 수 있다는 것은 스스로 자신의 삶을 디자인한다는 의미와 닿아 있다. 삶을 창조하는 것은 람타 스쿨의 핵심적인 가르침이다. 람타 공부를 하면서 의지를 갖고 하루를 창조하기 시작했다. 삶을 창조하는 것은 내가 원하는 삶을 디자인하는 것과 같다. 하루를 디자인하고 1년을 디자인하는 것이 모두 창조인 것이다.

나와 남편은 새해가 되면 이루고 싶은 소망을 그림으로 그린다. 잘 보이는 곳에 붙여두고 이루어지는 것을 상상한다. 그리고 매일 하루를 창조한다. 삶을 디자인한다는 것은 자신이 원하는 것을 생각하고 이미지화하고 집중하는 것이다. 그렇게 본다면 우리 모두는 자기 삶의 디자이너라고 할 수 있다.

5장

나는 죽을 때까지
도전하며 살고 싶다

나는 죽을 때까지 도전하며 살고 싶다

01

나는 마음껏
실패하기로 했다

"실수하지 않고는 지혜를 얻을 수 없다. 완벽주의는 한계다."

람타의 말씀이다. 우리 사회의 성공에 대한 압박감은 임계점에 이르렀다. 성공과 실패라는 기준으로 모든 것을 평가하고 있다. 이러한 문화는 작은 실수도 용납하지 않는다. 단기간에 성과를 내지 못하면 실패로 규정하는 분위기가 실패에 대한 두려움을 가중시키고 있다. 실수와 실패에 관대해지기 위해서는 삶을 바라보는 시각에 변화가 필요하다. 실패와 성공으로 바라보는 시각이 아니라 더 크고 의미 있는 시각으로 전환해야 한다.

"실패를 넘어 도전으로!"

"실패해도 괜찮아! 당신의 실패를 공감하고 도전을 응원합니다."

"두려워하지 말고 경험하세요. 당신의 실패를 함께 나누겠습니다."

2018년 실패박람회가 대한민국 최초로 광화문 광장에서 열렸다. 행정안전부와 중소벤처기업부가 공동으로 개최한 이 박람회는 '실패는 부끄러운 것이 아니에요!'를 주제로 진행되었다. 실패박람회 홍보대사였던 배우 박호산은 현장에서 박람회에 대한 소감을 이렇게 밝혔다.

"성공보다는 실패가 익숙한 시대, 패배주의가 팽배한 사회 분위기로 우울하기만 한 세상이다. 하지만 오늘날 성공한 인물로 추앙받는 세종대왕도 인간적인 실수를 저질렀고 정책적 실패도 있었다. 그 실수와 실패를 발판 삼아 문제를 해결하고 애민정신을 발휘하며 대한민국을 대표하는 성군으로 자리매김했다. 2018 실패박람회는 좌절과 실패 사례를 문화 콘텐츠로 재구성해서 공감과 성찰을 이끌어내고 새로운 도전에 나설 수 있는 용기를 북돋우기 위한 행사다."

실패박람회는 경쟁과 성공에만 몰두해온 우리 사회가 인식의 변화를 시도했다는 점에서 중요한 의미가 있다. '실패해도 괜찮다. 실패는 새로운 도전의 기회이고 변화의 과정이다'라는 생각이 더 큰 발전을 이끌어낼 수 있다.

실패에 대한 인식을 전환하기 위해서는 살아가는 이유와 목적이 무엇인지 본질적인 질문을 해볼 필요가 있다. 삶의 이유와 목적에 대한 인식이 바뀌면 자신을 둘러싼 환경에 대한 인식 또한 바뀌기 때문이다. 아울러 다음 3개의 관점도 필요하다.

첫째, 삶은 선택과 도전이다.

아이가 자라 가족의 울타리에서 학교라는 또래집단으로, 또래집단에서 사회집단으로 성장해나가는 과정은 수많은 선택과 도전의 연속이다. 생존으로 얽힌 익명의 사람들과 좌충우돌하며 희망과 절망, 성취의 기쁨과 실패의 좌절감 등을 겪으며 아이들은 어른이 되어간다. 오랜 시간이 지난 뒤에야 아이들은 그 시간이 자신을 성장시켜 주었음을 알게 된다.

나의 지난 시간들도 실패로 점철된 날들이었다. 흰 손수건을 가슴에 달고 초등학교에 입학해서 쉰이 넘은 지금까지 내가 경험한 모든 시간은 선택과 도전의 연속이었다. 엄마가 되었을 때 느꼈던 경이롭고 행복했던 순간은 물론 인생의 고비마다 겪은 힘겨웠던 날들, 아이들과 함께하며 교사로 살았던 시간들 모두가 성장의 시간이었다. 어느덧 엄마로 교사로, 한 인간으로 20년이라는 시간이 쏜살같이 흘러갔다. 미숙함과 무지로 인해 실수와 실패가 더 많았다. 그럼에도 불구하고 나의 아들딸, 그리고 나의 학생이었던 아이들과 함께 나도 성장했다.

둘째, 살아가는 것은 앎의 과정이다.

산다는 것은 경험하는 것이다. 성공과 실패라는 기준으로 삶을 판단한다면 경험을 통해 얻을 수 있는 많은 것들을 놓치게 된다. 삶은 지혜를 깨달아가는 과정이다. 갈망했던 소망들을 현실로 만들어가고 아직 미지인 것은 탐구하면서 때로는 실패하고 때로는 절망을 통해 깨우쳐가는 과정이 곧 인생인 것이다.

아리스토텔레스는 삶의 목적이 행복이라고 말했다. 성공이 행복이라면 대부분의 사람들은 실패한 인생이 될 것이다. 그러나 삶을 미지를 알아가는 과정으로 본다면 실패한 인생은 없다.

셋째, 삶은 기회의 연속이다.

선택하고 경험하면서 느끼고 깨달아가는 것이 인생이다. 경험을 통해 얻는 느낌과 생각, 지식은 나를 성숙하게 한다. 실수를 저지르거나 실패했을지라도 '괜찮아!'라고 생각하면 자신을 진정으로 알게 된다. 비록 지금 당장은 이해하지 못할지라도 시간이 가면 자연스레 알게 된다. 원하고 갈망하면 기회는 온다. 포기하지 않는다면 언젠가는 이해할 수 있다. 조급하게 여기지 말고 여유 있게 생각하면서 질문하고 답을 찾고자 열망한다면 반드시 찾게 된다.

삶에 대해 코페르니쿠스적으로 인식을 전환하면 당신의 세계는 분명히 달라진다. 평소의 생각이 자신의 운명을 만드는 법이다. 인식의 전환은 생각하는 태도를 바꾸는 것에서 시작된다. 삶을 변화시키고 싶다면 태도를 변화시켜야 한다. 실패와 두려움에 대한 태도를 바꾸는 것, 삶을 바라보는 태도를 바꾸는 것이야말로 진정한 도전이다.

우리는 죽을 때까지 선택하고 경험하며 실패 속에서 성장한다. 그러니 실패를 용인하고 허용하라. 그 과정을 통해 비로소 새로운 앎이 생긴다. 실패는 지혜로 인도하는 관문이다.

온전히 나답게
살아갈 용기

무한경쟁 시대를 살고 있는 현대인들의 삶은 고달프다. 세상의 기준에 맞춰 살아가야 하는 현실은 고독하고 외롭다. 내가 나답게 산다는 것이 용납되지 않는 사회에서 개인의 자율성은 보장받기 어렵다. 다름을 인정하지 않고 사회의 획일적 기준이 강할수록 개인의 자유는 억압된다.

그렇다면 어떻게 사는 것이 나답게 살아가는 것일까? 이 질문에 대한 답을 찾기 위해서는 '나는 누구인가?'라는 근본적인 질문을 다시 해야 한다. 나답게 산다는 것은 인식의 중심이 '나'일 때 가능해진다. 삶의 기준이 '나'일 때 '나로부터', '내가 인식할 때' 비로소 세계는 열리기 시작한다. 칸트는 '인간은 자연의 입법자'라는 논제로 인식을 전환시켰다. 자연은 아무런 의미가 없었다. 인식하는 자가 있을 때 비로소 존재의 가치가 생긴다. 김춘수 시인의 '꽃'에서처럼 내가 그의 이름을 불러주었을 때 그는 비로소 꽃으로 가치를 갖게 되는 것이다. 당신 삶에 가치와 의미를 부여하는 자는 다름 아닌 '나', 즉 자기 자신이다.

세상은 어떤 의미를 갖는가에 따라 가치가 부여된다. 사람, 사건, 시간, 물질은 어떻게 인식하는가에 따라 다르게 보인다. 가치와 의미는 생각하는 사람의 기준에 따라 달라진다. 모든 사람은 같은 공간에 있을지라도 각자의 세계에 살고 있다. 똑같은 것을 보고도 생각하고 느끼는 것이 다른 이유다. 나답다는 것은 사람, 사물의 가치와 의미를 '나'를 중심으로 판단하고 인식하는 것이다. 그러기 위해서는 이 세 가지 요소가 필요하다.

첫째, 자기다움을 인정하라.

자기다움은 자신이 느끼는 감정을 있는 그대로 받아들이는 것이 중요하다. 기쁨, 즐거움은 물론 아픔, 고통, 슬픔, 두려움 또한 인정해야 한다. 기쁨을 기쁨으로, 슬픔을 슬픔으로, 두려움을 두려움으로 그대로 인정하면 된다. 그 감정을 이해하면 자신을 이해하게 된다. 자신을 인정하는 것만으로도 자기 위로가 가능하다. 《굿 라이프》의 저자 최인철 교수는 삶의 중요한 원천이 자기다움에 있다고 말했다.

"자기가 하고 있는 일이 자기가 누구인지를 드러낸다고 느낄 때, 인간은 의미를 경험한다. 일이 잘되면 기분이 좋지만 그 일이 자기다운 일이면 의미가 경험된다. 우리가 성공, 성취, 효용, 효율 등 무엇을 이루는 것에만 집착하게 되면 순간적인 기분의 행복을 누릴지는 모르지만 의미 있는 삶을 경험할 가능성은 줄어든다. 의미 있는 삶이란 자기다운 삶이다. 굿 라이프란 좋은 일을 하며 사는 삶이다. 좋은 일이란 높은 연봉, 좋은 복지, 승진의 기회가 보장된 직업만을 의미하지는 않는다. 직장의 종류와 상관없이 자신이 누구이며, 어디서 왔고, 어디로 향하고 있는지 해답을 제공해주는 일이다."

사회에서 요구하는 모습이 아닌, 있는 그대로를 인정할 때 우리는 진정한 자기 삶을 살아갈 수 있다. 그렇게 살아갈 때 살아 있음을, 자유로움을 느낄 수 있다.

둘째, 나답게 살아갈 용기를 가져라.

나답게 살아가기 위해서는 자신을 억압하는 의식과 맞서 싸워야 한다. 타인의 시선에서 자유로워지기 위해서는 자신을 판단하는 기준이 무엇인지 알아야 한다. 그리고 진정으로 자신과 만날 수 있는 용기를 가져야 한다. 내가 원하는 것이 무엇인지, 무엇을 하고 싶은지, 어떻게 살고 싶은지 삶의 기준을 정하고, 자신을 제한하고 있는 내면의 사회의식과 편견들을 깨뜨려나가야 한다. 그럴 때 비로소 진정한 자기 자신과 만날 수 있다.

《마음을 내 편으로 만드는 법》의 저자인 김빛추 작가는 나답게 살아가는 것이 행복이라며 "진짜 나로 사는 것, 그것이 행복이다. 진짜 나와 마주하는 용기로 끝까지 나답게 살면 후회는 없다. 나에 대한 믿음이 즐거움을 만든다"고 말했다.

그녀는 열다섯 살의 나이에 1980년 광주에서 5·18 광주민중항쟁을 직접 겪었다. 그 기억이 너무 감당하기 힘들었던 그녀는 정의라는 것이 있는지 답을 찾으며 20대를 보냈다. 그리고 30대에 호주로 떠나 자연에서 답을 찾았다. 호주의 전통적인 자연 마사지를 통해 치유를 배웠고, 그것이 자신이 해야 할 일이라는 생각이 들어 한국으로 돌아왔다. 한동안 '몰입 말하기 치유 영어' 전문가로 아이들과 살았고, 이제는 치유의 숲을 꿈꾸고 있다.

그녀는 자신의 삶을 살아가는 것이 진짜 나다운 것이라고 말한다. 자기 삶의 역사를 새롭게 쓰는 일은 작은 생각으로부터 시작된다. 생각은 경험으로 이어지고 경험은 생각의 확장을 가져다준다. 이해의 폭이 커질수록 느끼고 생각하는 것도 자유로워진다.

셋째, 자신의 가치를 스스로 만들어라.

자기 삶의 가치는 누가 정하는가? 오직 자신이다. 내가 존재하는 것은 타인을 위해서가 아니다. 데카르트는 "나는 생각한다. 고로 존재한다"는 명제로 근대 철학의 시대를 열었다. 그는 자신이 존재하고 있음을 확인할 수 있는 방법은 '생각하고 있다는 것'이라고 말한다. 그런데 가만 보면 물론 사람은 생각하기 때문에 존재하지만 또 어떤 면에서는 존재하기 때문에 생각하는 것이기도 하다. 여기서 존재는 삶에 대한 의미와 가치를 뜻한다. 그리고 자신의 존재가치는 자신을 인정할 때 비로소 실재한다.

나는 누군가에게 쓸모가 있어서 가치 있는 것이 아니다. 나의 존재 자체로서 가치가 있다. 자기 삶의 의미와 가치는 오직 자신만의 영역이다. 현 사회의 불행은 모든 가치의 기준을 상품성으로 판단하는 것에서 시작되었다. 내 연봉은 곧 나의 노동가치에 대한 평가다. 내가 입고 있는 옷과 타고 다니는 차, 집과 직장이 나를 평가하는 기준이 될 때 진정한 나는 소외된다. 따라서 어떠한 경우에도 자신의 가치를 남에게 맡기지 마라. 자신의 가치는 나 자신, 존재 그 자체로 충분하다. 자신을 귀하게 여길 때 비로소 나다워질 수 있다.

《백만장자 시크릿》의 저자 하브 에커는 자신의 가치를 만드는 것은 자신이라며 "우리가 의미를 부여하지 않는 한 그 무엇도 의미를 지니지 못한다. 스스로 가치 있다 말하면 그런 것이다. 스스로 가치 없다 말하면 가치 없는 사람인 것이다. 어느 쪽이건 당신은 스스로 지어낸 이야기에 따라 살아간다"고 말했다. 나답게 산다는 것은 자신의 가치를 '나' 자신에게 두는 것이지 타인에게 두는 것이 아니다. 즉 '나'를 중심에 두고 살아가라는 의미다.

자신이 선택한 삶은 고귀하다. 나답게 산다는 것은 자유롭게 사는 것이다. 그러기 위해서는 가치판단의 기준을 나에게 둘 수 있는 용기, 내 안의 불안과 두려움에 맞설 수 있는 용기, 타인의 시선으로부터 자유로울 수 있는 용기, 미움 받을 용기가 필요하다. 나답게 살기 위해서는 자기다움, 나답게 살아갈 용기, 자신의 가치를 자신이 만들어야 한다. 온전히 나답게 살아갈 용기를 낼 때 비로소 자유로운 삶도 가능해진다.

03

계속 도전하는 내가
참 좋다

.

"인간으로서 우리의 숙명은 배우는 것이며, 지혜를 배우려는 자세는 마치 전투에 나가는 전사와 같아야 한다. 세상에 대한 경외심을 가지고, 자기 자신에 대한 절대적인 신뢰를 가지고 나아가야 한다."

《나는 왜 너가 아니고 나인가》에 나오는 야키 족 돈 후앙의 말이다. 어린 시절 나는 겁이 많은 아이였다. 학교를 오갈 때 다리를 건너야 했는데 그때마다 물에 빠질 것 같은 두려움에 현기증이 났다. 누군가의 팔을 잡아야만 건널 수 있었다. 그 두려움이 오랫동안 꿈에 나타날 정도였다. 초등학교 시절, 나는 온순하고 공부에 관심이 별로 없었기에 존재감이 없었다. 좀처럼 하고 싶은 것도, 욕심도 없던 나는 세상에 던져진 채 부딪치고 경험하며 단단해졌다. 나를 강하게 만든 것은 나 자신이었다. 내 느낌과 감정에 귀를 기울이고, 세상에 도전하고 부딪치면서 비로소 내가 원하는 삶을 살기 시작했다. 그렇게 나는 20대 들어 진정한 나로서 살아갈 수 있었다.

발명가, 디자이너, 베스트셀러 작가, 배우, 프로듀서, 싱어송 라이터 등 다재다능한 역량을 발휘하고 있는 다니엘 해리스라는 사람이 있다. 이 수많은 수식어는 그의 도전정신의 결과라고 할 수 있다. 세계적인 디자이너이자 발명가로서 30년 동안 살아오면서도 그는 배우의 꿈을 꾸었고, 결국 배우가 되었다. 그리고 1년 만에 영화의 주연배우가 되었으며, 시나리오도 쓰게 되었다. 도대체 무엇이 그를 새로운 꿈에 도전하게 했을까? 그는 자신의 도전정신에 대해 이렇게 말했다.

"내면 깊은 곳의 직감과 감정에 귀를 기울여보라. 때로는 당신의 직감과 마주하는 일이 불편하고 두렵기도 할 것이며 그 직감을 따르는 것이 비현실적인 일처럼 느껴질지도 모른다. 당신은 그것을

따라야 한다는 사실을 알지만 그동안 '생각'이 가로막아 왔을 뿐이다. 새로운 도전은 나이와 상관없다. 자신이 되고 싶다면 예술가, 배우, 가수, 세계여행가, 학자가 될 수 있다. 음악가가 되고 싶다면 놀이터든, 유튜브든 어디서나 자신만의 공연을 할 수 있다. 중요한 것은 경험이다. 결국 인생은 경험의 연속이다."

그가 도전하고 실현해내는 힘의 원천은 자신의 느낌과 감정을 허용하는 데 있었다. 그는 자신의 내면에 귀를 기울이고 원하는 것을 찾아 느낌과 바람을 무시하지 않고 도전했다. 그리고 이루어냈다. 꿈을 꾸고 실현해나가기 위해 필요한 것은 가슴속의 열정이었다.

모든 성공의 핵심 열쇠는 열정에 있다. 간절한 열망, 이루고자 하는 의지와 끈기, 그리고 열정은 자신을 둘러싼 조건과 환경을 바꾼다. 간절한 열망은 모든 것을 강하게 끌어당긴다. 이것이 바로 창조의 원리다.

베스트셀러 작가인 나폴레온 힐은 자신의 저서《결국 당신은 이길 것이다》를 통해 "순간의 좌절과 실패는 진정한 성공을 찾아가는 여정의 일부분이다"라고 말하며 성공과 실패의 원리에 대해 이렇게 덧붙였다.

"지난 25년간 성공과 실패의 원인을 연구하면서 나 자신은 물론 다른 사람들에게도 도움이 될 만한 진리의 원칙들을 많이 발견했다. 그러나 내가 발견한 원칙들 가운데 과거의 위대한 지도자들에게서 발견한 것보다 더 감명을 심어준 원칙은 없었다. 과거의 모든 위대한 지도자에 대한 기록을 살펴본 결과, 이들 역시 '성공'에 이르기까지 역경에 시달리고 일시적인 좌절을 경험했다는 것을 알 수 있었다. 지금 와서 옛일을 뒤돌아보면, 내가 넘어온 사소한 그 역경들은 내가 경험한 모든 일 중에서 최고의 행운과 유익함을 가져다주었던 경험에 속한다는 사실을 이제 나는 이해할 수 있다. 그 경험들은 변형된 축복이었다. 내 임무를 계속할 수 있도록 나를 이끌어 세상에서 쓸모 있는 존재가 될 수 있는 기회를 만들어 주었기 때문이다."

그는 자신을 세상으로 이끌었던 모든 경험과 실패와 역경이 '변형된 축복'이었다고 말한다. '도전'은 성공과 실패를 떠나 지혜를 얻는 과정이다. 사실 살아가는 모든 순간이 새로운 도전과 선택의 날들이다. 그러니 가슴이 뛰는 일에 도전하라. 그것이야말로 진심으로 자신을 사랑하는 길이다. 삶은 경험의 연속이다. 경험을 통해 자신을 성장시켜라. 진정한 자신으로 살아가는 힘이 거기에 있다.

도전에는 언제나 두려움이 따른다. 나는 어떤 일을 결정할 때 결과를 생각하기 전에 직관적인 느낌을 중요하게 생각한다. 현실적인 조건이 맞지 않아도 마음이 끌린다면 스스로에게 답을 묻는다. 조용히 앉아 눈을 감고 이 일을 해도 괜찮은지 묻는다. 그리고 '괜찮아!'라는 느낌이 들면 도전한다. 그 느낌을 논리적으로 표현하기는 힘들다. 그저 느껴지는 것이다. 그 느낌은 무의식에서 온다. 무의식은 나의 또 다른 자아다. 무의식을 잠재의식 또는 내 안의 신이라고도 한다.

내면의 강한 끌림이 있다면 그 길을 가라. 끌리는 이유는 그것을 경험하는 과정에서, 혹은 경험이 끝났을 때 알게 된다. 그것을 통해 새로운 앎을 얻었을 때 그 이유를 깨닫게 된다. 성공이라는 결과는 전혀 예상할 수 없다. 결과를 예단하지 말고 끌림에 따라 시작하라. 마음이 가는 대로 느낌에 따라 직관적으로 살아가다 보면 놀라운 결과를 얻을 수 있을 것이다.

삶은 자신을 알아가는 과정이다. 자신이 원하는 것이 무엇인지 찾아서 꿈꾸며 열망하라. 우리는 그것에 도전하며 때로는 실패와 절망을 통해 진정한 자신이 되어간다. 우리가 해야 하는 일은 진정으로 우리 자신이 되는 것이다.

04

슬기로운 나의 인생
2막 매뉴얼

　매일매일이 새로운 날들이다. 어린 소녀에서 어른이 되기까지 나는 수없이 넘어지고 일어나면서 여기까지 왔다. 20대에 시작했던 교직생활이 이제 어언 30년을 넘어간다. 한 사람의 생애로 봐도 어른이 되는 세월이다. 열정으로 살았던 초기의 초보 교사에서 중견교사가 된 지금의 나를 보면 만족보다는 아쉬움이 남는다. 이제 그 길도 조만간 마무리해야 한다. 앞으로는 경험하지 못했던 새로운 길을 살아보고 싶다. 시간적, 경제적 여유가 없어서 못했던 일들이 참 많다. 무엇인가를 꿈꾸는 것은 행복하다. 미지를 향한 그 여정이 가슴을 설레게 한다.

아이들은 꿈이 수시로 바뀐다. 나도 하고 싶은 일이 자주 바뀐다. 3년 전과 지금의 꿈이 다르다. 처음에는 퇴직하면 아무것도 안 하고 공부만 할 계획이었다. 산에서 조용히 공부하며 살고 싶어서 전남 함평에 땅을 샀다. 그러나 예상하지 못했던 문제들이 생겼다. 땅을 사고 나서야 그곳에 문제가 많다는 것을 알았다. 복잡한 문제를 해결하면서 사람과 돈, 법 등에 관한 많은 경험을 했다. 인간관계에서 가장 중요한 것은 진실성이라는 것을 다시 한 번 뼈저리게 느꼈다.

그 일을 겪으면서 사람에 대해 많이 실망했다. 아무도 모르는 곳에서 살고 싶어져 한 번도 생각지 않았던 이민도 고민했다. 앞서 언급한 미국의 옐름에 있는 람타 스쿨에서 그곳의 학생들과 교류하며 살고 싶었다. 이민에 대해 알아보니 세 가지 방법이 있었다. 가장 쉬운 것은 사업체를 만들어 미국 시민들을 고용하고 이익을 창출하는 투자이민이었다. 10억 원 정도 있으면 가능했다. 그만한 돈이 없어서 이 방법은 포기했다.

두 번째로 미국의 카지노에서 100만 달러 이상 돈을 따면 이민이 가능하다고 한다. 큰돈이 외국으로 빠져나가는 것을 막기 위해 이민을 허락한다는 것이다. 이민을 가겠다고 미국의 카지노까지 갈 마음이 없어서 이것도 포기했다.

세 번째는 교육 직종 사람들에게 인정되는 교육투자 이민이었다.

아는 교수님의 소개로 미국에서 교육투자 사업을 하는 분과 통화했다. 그분은 이미 16개가 넘는 사업체를 운영하고 있었다. 내 상황을 말했더니 자산 2억 원만 있으면 가능하다고 했다. 그 돈이면 교육 공간과 사무실을 임대하고, 직원도 채용할 수 있다고 했다. 교육투자 사업이란 방과 후 학교를 의미했다.

미국은 아직 방과 후 수업이나 학원 형태의 사설 교육 업체가 많지 않다. 그리고 초등학교 수업 시간이 한국보다 훨씬 짧고 방과 후 프로그램도 운영하지 않는다. 아이들은 학교 수업이 끝나면 자유롭다. 예체능 학원이나 방과 후 학습 센터가 없기 때문에 방과 후 학교를 운영한다면 이민이 가능했다. 나는 미국에서 할 수 있는 방과 후 학교 운영 계획과 프로그램을 고민했다. 교육 프로그램으로 그림동화 읽어주기를 통한 마음 나누기, 자존감 회복 프로그램, 다도茶道로 자기 사랑하기, 마음의 글쓰기, 즐거운 그림 그리기, 마음에 따라 춤추기 등이 떠올랐다. 학교생활을 하면서 꿈꾸던 것들이었다.

이민을 구체적으로 계획하며 정말 많은 고민을 했다. 내가 원하는 것과 하고 싶은 것이 무엇인지 깊이 생각했다. 바람처럼 자유롭게 살고 싶다는 나의 열망과 이민이 맞는지도 고려했다. 이민은 미지를 알아가는 것으로 설렘도 있고 두려움도 있는 일이었다. 그러나 정착하기까지 몇 년 동안 돈과 시간에 쫓기며 살아야 한다는 생각이 마음을 짓눌렀다. 고민 끝에 마음이 가벼운 일을 선택했다. 결국 '어디에 사느냐보다는 어떻게 사느냐가 중요하다'는 생각에 이민을 포기했다.

이제 나의 인생 2막은 시작되었다. 돈과 시간이 없어서 포기했던 일들을 다시 꿈꾸고 있다. 상상했던 일들을 구체적으로 계획하자 막연했던 꿈들이 현실로 다가오고 있다. 오랫동안 품어왔던 내 인생 2막의 청사진은 이렇다.

첫째, 자연과의 조화로운 삶을 꿈꾼다.

나는 어린 시절 즐겁게 뛰놀던 자연 속 삶을 계획하고 있다. 농촌에서 태어나고 자랐지만 자연의 경이로운 순환 과정을 잘 모른다. 부모님은 가난을 대물림하지 않겠다는 생각에 농사일을 시키지 않으셨다. 농사일은 잘 모르지만 항상 고단하고 힘들다는 것이 농촌에 대한 나의 기억이다.

대학을 가면서 도시에서 살게 된 나에게 시골은 언제나 부모님이 계시는 따뜻한 고향이었다. 더 나이가 들어서는 중소 도시에서 많은 시간을 보냈다. 오랫동안 살았던 아파트 생활은 편리했지만 아쉬움이 많았다. 시골집 마당과 밤하늘의 별들이 그리웠다. 그래서 도시생활을 정리하고 시골로 이사를 왔다. 허름하고 낡은 시골집은 불편하지만 고향에 돌아온 것 같은 편안함을 준다.

요즘 시골에 살면서 아이들을 아파트에서만 키운 것이 후회스럽다. 시골집 마당과 산과 들판에서 뛰노는 추억을 만들 기회를 주지 못한 것이 아이들에게 미안할 따름이다. 한동안 헬렌 니어링의《조화로운 삶》, 헨리 데이비드 소로의《월든》을 읽으며 자연 속 소박한 삶을 꿈꾸었다. 그 꿈들이 지금은 현실이 되었다. 나는 자연이 주는 단순함과 평온함이 좋다. 여유로운 시간을 누리며 씨앗을 뿌리고 열매를 맺는 자연의 신비함을 느끼고 싶다.

둘째, 자유로운 삶을 꿈꾼다.

나는 자유로운 삶을 꿈꾸며 각자의 자유가 보장되는 사회를 동경했다. 그러기 위해서는 나를 옭아매는 감정들과 생각을 알아야 했고 정치적, 경제적 구조의 문제들을 알아야 했다. 20대에 사회구조적인 문제에 대해 탐구했다면, 30대 이후에는 내 안의 의식적 문제에 집중했다. 진리, 자유, 깨달음을 찾아 나를 작동시키는 의식의 작용을 알아가는 시간들이 필요했다. 그것을 찾아가는 시간은 벅차고 힘들었지만 자유를 향한 열망의 씨앗들을 키울 수 있었다. 이제 와 돌이켜보면 당시에는 이해되지 않았던 일들이 납득이 된다. 사람과 세상에 대한 이해가 그만큼 커졌고 생각도 확장되었기 때문이리라.

마지막으로 사람들과 조화롭게 살아가는 세상을 꿈꾼다.

자연과 사람이 조화를 이루는 것처럼 사람들 사이에도 조화가 이루어지는 세상을 희망한다. 힘과 권력, 돈과 지위, 성에 따른 차별 없이 누구나 존중받는 사회를 꿈꾼다. 상대를 수용하고 허용함으로써 서로를 고귀한 존재로 여기는 세상을 갈망한다. 절대적 빈곤에서 막 벗어난 1980년대에는 민주화가 숙제였듯이 이제는 사람이 존중받는 사회, 각자의 자유와 권리가 보장되는 인권사회가 숙제가 될 것이다. 더 나은 세상을 위해 꿈꾸는 사람들이 이미 곳곳에서 활동하고 있다. 물질 중심적 사고에서 인권과 생명이 존중되는 사회를 위해 나도 내가 해야 할 일을 숙고하고 있다. 나는 더 이상 아프지 않고 서로를 얽매지 않는 사회를 소망한다.

이처럼 나는 자연과 조화를 이루는 삶, 자유로운 삶, 그리고 사람들과 조화롭게 살아가는 세상을 꿈꾼다. 이것이야말로 내가 가진 인생 2막의 매뉴얼이다. 꿈꾸는 것은 배우는 것이고 배우는 것은 새로운 꿈을 만드는 열정을 불러일으킨다. 열정은 삶의 원동력이자 성공의 열쇠다. 열정이 있을 때 우리는 살아 있다는 기쁨을 느낀다.

철학자 버트런드 러셀은 《행복의 정복》에서 열정을 인간의 본성으로 보았다.

"진정한 열정은 망각하기 위한 열정이 아니다. 진정한 열정은 불행한 환경에 의해 파괴된 경우를 제외하면 인간의 타고난 본성 중하나다. 어린아이들은 보고 듣는 모든 것에 흥미를 느낀다. 아이들의 눈으로 보면 세상은 놀라운 것들로 가득 차 있다. 아이들은 지식을 얻기 위해 쉬지 않고 열심히 탐구한다. 물론 아이들이 추구하는 지식은 학문적인 것이 아니라 자신의 관심을 끄는 대상에 대한 정확한 지식이다."

우리는 꿈이 있을 때 열정이 살아난다. 꿈, 열정이 사라지면 무기력에 빠져든다. 나이가 들수록 무기력해지는 이유는 열정이 없어지기 때문이다. 어른이 되면서 무기력해지는 이유를 러셀은 자유에 대한 제한이라며 이렇게 말했다.

"우리의 삶에는 반드시 자유가 필요하다. 문명화된 사회 속에서 열정을 잃게 되는 주된 원인은 바로 자유에 대한 제한이다."

나이가 들어도 무기력해지지 않기 위해서는 어린아이의 눈으로 어린아이처럼 살아갈 필요가 있다. 그러기 위해서는 자신을 판단하고 규정하는 사회의 기준들로부터 자유로워져야 한다. 나이, 직업, 성별에 걸맞게 행동하는 것이 아니라 내가 원하는 바에 따라 생각하고 판단하고 행동할 때 자신의 삶이 된다. 남이 아닌 내가 만든 생각, 내가 취하는 태도로 자유롭게 살아야 하는 것이다.

05

매일이
인생 수업, 인생 여행

내가 지금 살고 있는 곳은 지리산 자락이 보이는 시골 동네다. 산 줄기를 따라 산이 이어지고, 그 사이사이에 넓은 들판과 작은 마을이 있다. 아직까지도 외양간에 소를 키우는 집이 있어서 마을 어귀에 들어서면 소 울음소리가 들린다. 시골에 이사 오니 넓은 마당과 텃밭이 있어서 좋다. 봄이면 거름을 뿌리고 밭이랑을 만들어 토마토, 오이, 가지, 고추, 호박, 고구마, 땅콩, 수박, 참외 모종을 심는다.

날이 풀리는 봄이 되면 한 해 농사를 꿈꾸며 밭 일구는 재미에 빠지는데, 장에 갈 때마다 한두 개씩 모종을 사다 심는다. 하루가 다르게 자라는 토마토와 오이를 보며 순도 따주고 풀도 뽑아주는 것이 그렇게 신나고 재미있을 수 없다. 그러나 여름으로 접어들면서 끊임없이 올라오는 풀들을 당해낼 수가 없다. 농사는 풀들과의 전쟁이라고 해도 과언이 아니다. 뽑아도 뽑아도 며칠 안 되어 다시 수북이 자란다. 결국 풀들에게 지고 만다.

그래도 풀밭이 된 밭이랑 사이로 토마토, 오이, 가지, 고추들이 잘 자라고 수박, 참외가 주렁주렁 열린다. 자연의 신비로움이다. 스스로 크고 달콤한 열매까지 맺은 식물들이 그렇게 고마울 수가 없다. 자연의 노고로 탄생한 열매를 먹으며 그저 감사할 따름이다. 한 해 텃밭 농사를 지으며 자연의 경이로움을 배운다.

나는 야영을 좋아한다. 몇 년 전 자연과 일치되었던 느낌을 잊을 수가 없다. 원천적인 기쁨과 평화로움을 느꼈던 그 경험이 나를 자연에 심취하게 했다. 깊은 명상 상태에서 느껴지는 지복감과 같았다. 그 후로 시간이 허락되면 야영을 떠난다. 봄, 초여름, 가을은 야영하기에 좋은 계절이다. 시설이 갖춰지지 않은 이름 모를 산자락에 텐트를 치고 노숙을 한다. 그 속에서 부엉이, 고라니 울음소리에 깊어가는 밤을 보낸다. 거의 히피처럼 생활하며 자연 속에서 편안함과 여유를 느낀다. 시간이 없는 주중에도 가끔 뜨거운 차와 두꺼운 외투를 챙겨들고 집에서 가까운 산과 계곡을 찾는다.

내가 자주 가는 황매산은 경남 산청과 합천에 걸쳐 있는 산이다. 높은 산등성이 사이로 넓은 평원이 펼쳐진 고원이 있다. 달밤의 황매산은 고혹적이다. 봄에는 철쭉이, 가을에는 억새가 펼쳐진 넓은 산등성이를 걷기도 하고, 쏟아질 듯한 별을 보며 밤을 보내면 막혔던 숨통이 저절로 트인다.

농월정은 함양군 안의면에 있는 아름다운 계곡이다. 함양으로 이사를 온 뒤 자주 가는 곳이다. 농월정은 옛 선비들이 시를 읊고 풍류를 즐겼던 정자로, 넓은 바위로 뒤덮인 계곡 사이로 물과 바람이 흘러가는 자유로운 곳이다. 울창한 나무 사이를 타고 지나가는 바람 덕분에 물소리, 바람 소리가 참 좋은 골짜기다. 바위에 앉아 차를 마시고 바람을 느끼며 내 마음의 소리를 듣는다. 내 안에 흐르는 에너지에 몸을 맡기면 기공이 되고 춤이 된다. 응축된 감정들이 춤이 되고 소리가 되어 나온다. 쌓여 있던 감정들이 해소되고 자유와 기쁨이 느껴진다. 그렇게 자연과 교감할 때 자유와 기쁨이 충만해진다.

리처드 바크의 소설 《갈매기의 꿈》에서 주인공 갈매기 조나단은 "삶의 의미와 더 차원 높은 목적을 추구하고 따르는 자보다 더 책임감 있는 자가 대체 누구란 말입니까? 우리는 수천 년 동안 물고기 대가리나 찾아다녔습니다. 그러나 이제 우리는 삶의 이유를 갖게 되었습니다. 배우고, 발견하고, 자유로워지는 것 말입니다!"라고 말하며 "오직 먹이를 찾아 하늘을 나는 갈매기들에게 진정한 삶의 의미는 무엇인가?"라고 의문을 던진다. 조나단은 갈매기들에게 더 높이, 더 멀리 나는 것은 자유를 얻고 생존 이상의 더 큰 의미를 찾기 위한 것이며, 자기 삶의 의미를 찾아 나아갈 때 위대한 존재가 될 수 있음을 일깨워준다. 이것이 바로 우리가 살아가는 동기와 목적의 본질이다. 삶의 목적이 생존보다 중요한 것은 내가 왜 사는지 삶의 의미를 찾아가는 것이고 자유로워지기 위해 배우고 성장하는 과정이기 때문이다.

《세상에서 가장 가난한 부자》의 저자 오정면은 18년 동안 동남아시아의 정글 속에서 봉사하며 살았다. 다음의 메시지를 보면 그가 행한 온전한 사랑과 삶을 읽을 수 있다.

"우리는 흔히 늙어간다는 것을 초라하게 생각합니다. 늙어가는 것은 소외되는 것이고, 능력을 상실하는 것이고, 사람들로부터 회피당하는 것이라고 생각합니다. 감동도, 자극도, 사랑도, 기쁨도, 희망도, 행복도 늙어가는 삶에는 무의미하다고 생각합니다. 그러나 그것은 모두 사실이 아닙니다. 우리 부부는 70이 넘은 나이에도 여전히 가슴이 설레고, 여전히 눈물이 날 만큼 감동스러운 느낌으로 가득합니다. 이 모두가 가난하고 병들었지만 순박하기 그지없는 그들과의 만남 때문입니다. 마치 어린아이가 세상을 하나하나 배우듯 우리는 지금도 사람을 배우고, 세상을 배우고, 사랑으로 살아가는 방법을 배웁니다. 그리고 그 배움이 얼마나 소중한지 순간순간 느끼고 있습니다."

작가 오정면은 농부다. 1년 수확이 끝나면 부인과 함께 말레이시아와 인도네시아의 정글로 떠난다. 그곳 사람들에게 모두 내주고 몇 달을 보낸 뒤 봄이면 다시 농사를 짓는다. 이렇게 그는 온전히 나누며 사랑을 실천하는 삶을 살았다. 그렇게 살아온 부부는 자신들이 베푼 것보다 더 많은 것을 받았다고 여긴다. 일흔이 넘은 나이에도 사람을, 세상을, 사랑으로 살아가는 방법을 배운다고 말한다. 평생 고귀한 사랑을 실천해온 그들을 통해 나도 진정한 사랑을 깨닫고 배운다.

"스스로 사색하고, 스스로 탐구하고, 제 발로 서라."

결과보다 행위에 중점을 둔 행위철학자 칸트의 말이다. 그는 행복을 위한 3개의 원칙으로 "첫째, 어떤 일을 할 것, 둘째, 스스로 단단해지는 인생을 살 것, 셋째, 어떤 일에 희망을 가질 것"이라고 말했다. 그는 어떤 일을 했을 때 비로소 경험을 할 수 있고, 그것을 통해 사색하고 탐구함으로써 자신의 인생을 살아갈 수 있다고 피력한다. 또한 스스로 단단해지는 인생을 살아갈 수 있도록 자율성과 독립성을 키워야 한다고 주장한다. 아울러 어떤 희망하는 일에든 열정을 가져야 한다고 말한다.

우리를 성장시키는 것은 우리 자신이다. 우리 안의 마음과 생각이 우리를 나아가게 한다. 우리는 날마다 인생이라는 여정을 향해 나아가는 항해사다.

나는 스무 살에 고향집을 떠나 자취를 시작하던 날부터 전주, 통영, 마산, 진동, 진주, 합천, 거창을 거쳐 이곳 함양에 이르기까지 수없이 이사를 하고 많은 사람들을 만났다. 그 세월 속에서 만났던 정겨운 사람들의 얼굴이 주마등처럼 스쳐 지나간다. 즐겁고 행복했던 추억부터 고통스러웠던 기억까지 모든 시간이 소중하게 느껴진다. 인생은 경험의 장이다. 매일이 인생 수업이고 인생 여행이다.

어제와 다른 오늘이
성장이다

《논어論語》의 〈위정爲政〉 편을 보면 이런 말이 나온다.

"내 나이 열다섯에 학문에 뜻을 두어 서른에 입신했으며, 마흔이
되니 세상일에 미혹되지 아니하고 쉰에 하늘의 명을 알았다. 예순
에 귀가 순해지고 일흔이 되니 마음이 하고자 하는 대로 좇았으되
법도를 넘어서지 않았다."

공자는 사람의 일생을 배움과 성장의 과정으로 보았다. 이미 오래
전에 '요람에서 무덤까지'라는 평생교육의 모티브를 역설한 선각자

였던 것이다. 그래서 "배우고 익히는 일이 어찌 기쁘지 않으랴", "아침에 도를 들으면 저녁에 죽어도 좋다"고 말하며 배움의 중요성을 강조했다. 우리는 말을 배울 무렵부터 외부 세계에 대해 인식하기 시작한다. 그리고 보고 듣고 느끼고 생각하면서 의식을 확장시키며 성장한다.

성장은 왜 중요할까? 성장은 살아가는 원동력이 될 뿐만 아니라 생명을 유지해주는 기본 원칙이기 때문이다. 물은 흘러야 더 큰 바다로 나갈 수 있고, 고이면 썩기 마련이다. 이미 과학계는 '죽음은 생명체들의 숙명이 아닌 질병이다'라는 이론을 발표했다. 성장이 멈출 때 죽음이라는 질병이 발생한다는 것이다. 결국 죽음은 운명이 아니라 우리가 받아들이기 때문에 일어나는 현상이라는 것이다. 이 연구 결과는 죽음을 숙명으로 받아들이던 우리에게 새로운 관점을 제시하고, 죽음에 대한 패러다임을 바꾸는 놀라운 발견이었다.

이러한 연구 발표는 고대 수메르인들의 점판과 성경에 기록되어 있는 몇백 년을 살았다는 인간의 수명과 생로병사에 대한 의문을 풀어줄 단서가 될 것으로 기대된다. 새로운 꿈을 꾸고 살아간다면 우리는 멈추지 않고 성장할 수 있다. 어쩌면 나무처럼 몇백 년을 살 수 있을지도 모르겠다.

성장이란 기본적으로 어제와 다른 오늘을 의미한다. 어제보다 오늘의 생각이 커지고 의식이 확장되는 것이 성장이다. 또한 이상과 현실이 일원화되고 막연했던 생각이 현실에서 실현되는 것이 성장이며, 지혜가 커지는 것 또한 성장이다. 그렇다면 우리는 어떻게 해야 성장할까? 생각의 기준이 커지고 제한적이었던 생각의 틀을 깰 때 생각이 확장되고 성장이 이루어진다.

《당신이 플라시보다》의 저자 조 디스펜자는 신경학, 뇌 기능 과학, 양자역학을 연구하는 강연가이자 저술가다.

"변하는 데 가장 힘든 일은 어제 한 선택을 오늘 하지 않는 것이다. 변화의 강을 건너기 위해 당신은 같은 생각, 같은 선택, 같은 행동, 같은 느낌과의 관계에 익숙하고 예측 가능했던 자아를 떠나야 한다. 그리고 텅 빈 공간 혹은 미지의 세계에 발을 들여놓아야 한다."

변화는 오랫동안 같은 방식으로 생각하면서 만들어진 뇌의 신경 회로를 바꾸는 것이다. 변화하기 위해서는 어제와 다른 오늘을 살고 습관화된 일상에서 벗어나는 시도가 중요하다. 사람들은 습관적으로 하루를 살아간다. 일어나서 잠들기 전까지 만들어진 생활 패

턴에 따라 자동적으로 움직이게 된다. 새로운 변화를 시도하기 힘든 이유는 불편함을 느끼기 때문이다. 변화를 시도할 때 가장 힘든 것은 무의식적으로 했던 행동을 의도적으로 하지 않는 것이다.

영화《매트릭스》를 보면 극중 모피어스가 가상현실에서 막 깨어난 주인공 네오에게 "마음을 열어라"라고 가르친다. 네오는 모피어스의 말을 듣고 '모든 것은 가능하다'는 생각을 한다. 그 순간 카메라는 빌딩을 뛰어넘는 장면을 보여준다. 이처럼 모든 가능성을 받아들이는 순간 기적은 일어난다. 이성적으로 불가능했던 일들이 일어난다. 기적은 이성과 논리를 뛰어넘는 현상이다.

우리는 보편적인 사고나 일반적으로 상상할 수 없는 일을 기적이라고 말한다. 세상에는 수많은 기적이 존재한다. 그것들은 어떻게 일어났을까? 아이를 구하기 위해 승용차를 들어 올린 엄마는 아이를 구하고 싶은 간절한 마음에 차를 들어 올렸다고 말한다. 그 간절한 마음이 모든 가능성을 받아들여 기적을 일으킨 것이다. 기적은 마음을 열 때, 모든 가능성을 허용하는 순간 일어난다. 그러기 위해서는 자신을 받아들여야 한다. 자신이 추구하는 이상을 무시하지 않을 때 우리는 성장할 수 있다.

성장을 위해서는 우선 스스로 생각하는 힘을 키워야 한다. 생각하는 힘을 기르기 위해서는 생각을 관찰해야 한다. 생각을 관찰한다는 것은 떠오르는 생각을 바라보는 것이다. 생각을 바라보기 위해서는 먼저 눈을 감아야 한다. 그러면 떠오르는 생각들이 있을 것이다. 그 생각들을 그저 찬찬히 바라보면 된다. 어떤 생각이라도 무시하거나 먼저 판단하지 말고 바라보는 것이 중요하다. 그 생각은 또다른 생각으로 이어지고, 다른 생각을 일으키는 원인이 된다.

생각을 바라보는 것은 자신의 느낌과 마음을 알아차리는 기본적인 방법이다. 이를 통해 자신을 제대로 이해할 수 있다. 뇌는 하나의 의문을 풀기 위해 다른 생각들과 연결해나간다. 그 생각들을 따라가다 보면 현실과 연결되는 지점을 찾아내고, 답을 해결해나갈 수 있다. 답은 내 안에 있다. 생각을 집중하면 답이 보인다. 생각의 힘을 키우는 것은 자신을 성장으로 이끌어준다.

우리 뇌는 사용할수록 발달하고 사용하지 않으면 퇴화한다. 뇌는 의문을 던지면 답을 찾아 스스로 신경세포들을 연결해나간다고 한다. 뇌 과학 분야에서는 이러한 작용을 뇌가속성 원리라고 한다. 뇌는 질문하는 순간 신경세포인 시냅스라는 회로망을 통해 정보를 주고받으며 답을 찾아 자동으로 가동되는 인체 컴퓨터라는 것이다. 그러나 "질문 속에 답이 있다"는 말은 답을 찾고자 하는 갈망과 열정이 있을 때 가능하다.

우리가 만나고 경험하며 살아가는 모든 활동은 정보를 얻고 의식이 확장되는 과정이다. 살면서 수많은 사람들과 함께했던 모든 일은 소중하고 나름의 의미를 가진다. 그 속에서 경험했던 크고 작은 사건들, 성공과 실패들은 우리를 성장시키는 지침서가 된다. 우리는 많은 경험을 통해 생각의 힘을 키워왔다. 실패는 내면을 볼 수 있는 눈을 키워주었다. 그러니 오늘 실패했을지라도, 성과를 얻지 못했을지라도 절망하지 마라. 우리는 지금 성장 중인 것이다. 어제와 다른 오늘이 바로 성장의 증거다.

그래서 나는
오늘도 실패한다

어떤 물질이 전혀 다른 성질로 변환되는 실험을 해본 것은 초등학교 5학년 때의 일이다. 어느 추운 겨울날, 담임선생님은 아침부터 신기한 실험을 하자며 커다란 양동이에 얼음을 잔뜩 채우시더니 분유와 설탕 등 몇 가지 분말을 넣고 저으셨다. 그리고 한참 시간이 지나 만들어진 것을 우리에게 맛보게 하셨다. 고소하고 달콤한 아이스크림이었다. 냉장고가 없던 그 시절 아이스크림을 만든 실험은 정말 신기하고 재미있는 추억이 되었다. 70년대에 시골 학교로 전근 오신 선생님이 주셨던 아주 특별한 선물이었다.

이렇게 새로운 것을 배우고 알아가는 일은 항상 즐겁다. 화전 부치기, 양초 만들기, 비누 만들기, 도자기 만들기 등 아이들과 함께 직접 만드는 수업 또한 신나고 재미있다. 아이들에게도 내게도 새로운 것에 대한 도전은 설렘으로 다가온다. 특히나 실패 끝에 성공할 때 느껴지는 성취감은 즐거움까지 더해준다.

최근 나는 화장품 만들기에 푹 빠져 있다. 오랫동안 궁금했던 천연 화장품 만들기에 도전한 것이다. 인터넷을 통해 천연 화장품 도구와 재료를 구입하고 제조 방법에 따라 만들어보았다. 여러 재료를 넣자 완전히 새로운 물질이 탄생하는 것이 정말 신기했다. 몇 번의 실패 후 스킨과 로션이 만들어졌을 때 얼마나 기뻤던지, 마치 연금술사가 된 기분이었다. 기초 화장품 만들기에 성공하면서 샴푸, 폼 클렌징, 클렌징 오일 등 새로운 것에도 도전했다. 화장품 만들기에 몰두하다 보면 밤을 꼴딱 새기도 한다. 만든 화장품을 보면 뿌듯하다.

새로운 것을 창조하는 일은 정말 큰 기쁨이다. 무엇인가를 배우는 과정이 힘들고 어려울지라도 실패 끝에 맛보는 성취감은 무엇과도 비교할 수 없는 행복을 준다. 비록 실패할지라도 다시 시작할 수 있는 마음만 있으면 된다.

일상도 마찬가지다. '실패는 하나의 과정이다'라는 생각과 '궁금하면 알아보고, 하고 싶으면 시작한다'라는 태도를 잃지 말아야 한다. 그러면 계속해서 도전할 수 있고, 실패를 해도 남는 것이 있다. 앎과 지혜가 바로 그것이다. 오늘은 비록 실패했지만 언젠가는 잘 할 수 있다는 자신에 대한 믿음이 다시 도전할 수 있는 힘의 원천이 된다.

세계적인 환경철학자이자 운동가인《엑티브 호프》의 저자 조안나 메이시는 실패가 우리 삶에 어떻게 기여하는지에 대해 이렇게 말했다.

"왜 좌절과 실패가 우리 여정의 필요한 부분일까요? 할 줄 아는 것, 편하고 확신하는 것에만 집착한다면, 우리는 새로운 능력을 만들지 못한 채 오래되고 친숙한 것에 갇혀버리기 때문입니다. 새로운 기술을 배울 때, 처음엔 자주 틀리기 마련입니다. 우리는 사고를 치면서 경험을 쌓아가는 것입니다. 배움이란 무지에서 시작하는 과정입니다. 좌절과 실패가 좋은 소식이 되는 이유는 우리가 적당히 하는 태도를 과감히 버리고 우리에게 닥친 어려움에 잘 대처한다는 것을 보여주기 때문입니다."

메이시는 희망을 가지려면 위기를 알아야 한다고 말한다. 그 위기를 알아야 다시 시작할 수 있다는 것이다. 인류의 역사는 끊임없는 실패를 통해 새로운 것을 이끌어냈다. 지금의 환경문제 또한 실패의 과정을 통해 미래로 나아가는 중이다. 비록 오늘 실패했을지라도 앞을 향해 나아갈 수 있는 힘, 그것이야말로 진정한 희망이다. 그것이 인류의 역사를 만들어왔고 미래로 우리를 이끌어간다.

"실패는 성공의 어머니"라는 말을 들어보았을 것이다. 위대한 발명가 에디슨의 말이다. 그는 스스로 이렇게 정의했다. 실제로 그에게 성공은 실패의 결과물이었다. 어린 시절 달걀에서 병아리가 어떻게 나오는지 궁금했던 그는 실제로 닭장에 앉아 알을 품기도 했다. 에디슨은 호기심이 많은 엉뚱한 아이였다. 궁금하면 질문하고 관찰하고 생각을 실행하며 답을 찾아나섰다. 이러한 태도가 그를 위대한 발명가로 성장하도록 만들었다. 하나의 아이디어가 발명품으로 만들어지기까지 수많은 실패를 경험했다. 그런 무수한 실패의 과정이 결국에는 그를 성공으로 이끌었다.

우리가 지금 흔히 사용하는 TV나 청소기 등도 예외가 아니다. 이를 개발한 발명가들은 상상력과 답을 찾는 실행력으로 세상을 변화시켜 왔다. 대표적인 인물로 라이트 형제가 있다. 그들이 개발한 비행기는 하늘을 날고 싶었던 인류의 꿈을 실현한 위대한 첫걸음이었다. 고대 그리스 신화에 등장하는 이카루스부터 레오나르도 다빈치가 설계했던 패러글라이딩은 물론 오즈의 마법사에 등장하는 열기구까지 이 모두는 하늘을 날고 싶었던 인류의 열망이 담긴 것이었다. 알려지지 않은 수많은 사람들이 그 오랜 꿈에 도전하고 실패한 결과 20세기 들어 라이트 형제가 인류의 꿈을 실현할 수 있었다. 일반적인 관점에서 보면 그들의 행동을 이해할 수 없을지도 모른다. 오직 그들 자신만이 왜 그토록 갈망하고 도전하는지 알 수 있을 것이다. 그러나 그 앎에 대한 욕구와 갈망이 인류의 문명을 발전시켜 왔다.

"삶은 선물이다. 산다는 것은 기회다. 그러기에 삶은 희망이다."

유명한 메신저 브랜드 버처드의 말이다. 그는 자동차 사고 후 제2의 삶을 살아가는 것을 선물이자 기회라고 말한다.

"나는 참혹한 자동차 사고에서 살아난 경험을 통해 제2의 인생을 살 황금 티켓을 받았다. 만약 신과 우주가 그런 경험들을 내게 선물로 주었다면 나도 그런 경험들을 소중하게 생각하고 다른 사람들과 나눠야 하지 않겠는가. 그렇기 때문에 나는 내가 배운 것

을 다른 사람들에게 전달하는 일이 의무이자 소명, 책임이라고 생각한다. 내가 나의 인생 경험, 메시지, 의견을 소중하게 생각하는 것은 내가 이것을 선물이라고 생각하기 때문이다."

성공과 실패라는 단순한 기준으로 세상을 보는 것은 매우 위험하며 상당히 제한적인 관점이다. 인생에서 더 많은 것들을 담아내려면 그러한 개념으로 세상을 이해해서는 안 된다. 성공이라는 마법을 일으키기까지 실패는 당연한 일련의 과정이다. 열망, 도전, 실패, 끈기가 마법을 일으키는 힘이다. 우리는 성공의 강박에서 벗어나고, 실패의 두려움에서 자유로울 때 더 많은 것을 얻고 배울 수 있다. 실패가 주는 선물이 바로 그것이다. 그러니 실패를 통해 한 발 더 나아가라. 그래서 나는 오늘도 실패한다.

실패도 성공도
자유를 향한 여정

2019년은 나의 삶에 새로운 지평이 열린 한 해다. 과거에는 상상도 하지 못했던 책 쓰기에 도전했고, 그로 인해 새로운 꿈을 꾸게 되었다. 처음 글을 시작할 때는 어떤 주제를 어떻게 다루어야 할지 고민했다. 뜨거운 화로처럼 달아올랐던 지난날의 감정과 느낌을 정제된 글로 담아내는 일이 쉽지 않았다. 주관적으로 느끼고 깨달은 것을 언어로 표현하는 데 많은 어려움을 느꼈다.

책을 쓰는 과정은 인생을 회고하는 시간이었다. 오랫동안 가슴 깊이 묻어두었던 이야기들을 녹여내는 날이면 자정이 넘도록 밤하늘의 별들을 헤아리며 들판을 서성거렸다. 기억 속의 사람들과 사건들을 꺼내 이해하고 화해하면서 과거의 아픔과 서러움과 그리움을 보듬을 수 있었다.

그렇게 책을 쓰는 동안 사계절이 한 바퀴를 돌았다. 그 사이에 정치와 경제 등 국가적 상황뿐만 아니라 개인적으로도 주변에 많은 변화가 있었다. 어머니는 두 번째 무릎 수술을 하셨고, 아들은 군대를 제대하고 복학했으며, 딸아이는 부산에서 광주를 거쳐 전주에 터를 잡았다. 나 또한 꿈꾸고 열망했던 일을 시작했고 또 다른 희망의 씨앗을 품었다.

"삶은 축복이다."
"삶은 기회이자 선물이다."

살면서 이 말을 부정하고 싶을 때가 더 많았다. 힘든 시간을 보낼 때마다 불교에서는 왜 삶을 고苦라고 했는지 충분히 알 것 같았다. 그러나 생각의 패러다임을 바꾸니 세상이 다르게 보였다. 인식이 바뀌면 과거, 현재, 미래가 바뀐다는 말의 뜻을 알게 되었다. 삶은 성공이나 실패보다 더 본질적인 자유에 대한 질문을 풀어가는 여정이다. 그래서 나 역시 자유에 대한 숙고는 평생 화두이며 여전히 진행 중이다. 많은 사람들이 사회적 인식이나 타인의 기준에 얽매여 획일적으로 살아가는데, 모든 것은 우리 내면의 깊은 곳에 있는 자아가 창조했고 자연의 입법자로서 그리고 의미를 부여하는 자로서 이미 자유로운 존재임을 자각한다면 삶은 달라질 것이다. 진정한 변화, 자유의 길은 이렇게 생각의 패러다임을 바꿀 때 가능하다. 우리는 본래 자유로운 존재임을 자각하고 온몸으로 체득하는 그날을 염원한다.

막상 원고를 마치고 나니 뿌듯함과 아쉬움이 교차한다. 내가 꿈꾸고 열망하는 삶이 앞으로 어떻게 펼쳐질지 궁금하다. 삶의 창조주로서 하루를, 한 달을, 1년을 창조하며 경험한 이야기들을 다시 책으로 펴낼 그날을 기대해본다.

저자 송선희